ラルーナ文庫

邪竜の番

真宮藍璃

三交社

CONTENTS

Illustration

小山田あみ

邪竜の番

本作品はフィクションです。
実際の人物・団体・事件などにはいっさい関係ありません。

「……っう、ん、ン……！」

知らず発した声の淫靡な甘さに、佐々木圭は身悶えた。

明かりを落とした仄暗い部屋のベッドの上、うつ伏せで膝をつき、腰を高く上げた格好で、圭は必死に声をこらえる。

けれどチュクチュクと濡れた音に耳を犯されるだけでも、圭の体は劣情を煽られてしまう。それは無防備に曝け出された後孔を舐められて立つ水音だ。圭よりもいくらかぬるく、肉厚な舌で――――。

「……もうほころんできたぞ、ケイ。こうされるのにも、慣れてきたみたいだな」

「言、うな、そんなことっ」

「どうして。何も恥ずかしがることはないだろう？」

ふふ、と背後から低い笑みが届いて、「彼」が体の位置を変える気配がする。

そちらは恥ずかしくなくても、こちらは死ぬほど恥ずかしい。

でも圭は、否応なくこれをしなければならない。嵐のような発情の荒波が過ぎ去るまでは、せいぜいみっともなく声を立てぬよう、シーツに顔を伏せているしかないのだ。

どうか今夜も無事終わって、この欲情が収まってほしい。

そう思った次の瞬間。

圭はうつ伏せの体をくるりと返され、肢(あし)を大きく開かされた。

「ちょっ、なんでっ……」

「こちら向きで繫(つな)がるのも試したほうがいい。ベッドに背中を預けるほうが、人間には楽だろう?」

「で、でも」

「腹のこれも反応している。ほら、淡く光り出したぞ?」

「っ……!」

下腹に視線を向けて、圭はビクリと震えた。

引き締まった腹筋の上で、妖(あや)しく明滅を始めた赤い紋様。

毎晩月の出ごとにジンジンと疼(うず)いて圭を乱し、淫(みだ)らな欲望で悶絶(もんぜつ)させる紋様——淫紋(いんもん)の輝きは、圭の腹の奥に一つの命が宿っている証(あかし)だ。目にしただけで体が燃えるように熱くなって、気の昂(たか)ぶりで息ができなくなりそうだ。

「あ、あ、待っ、はあぁ……!」

肢を開いたまま腰を持ち上げられ、また後ろを舐(ねぶ)られて、下肢がビクビクと震える。

肢の間で頭をもたげる圭の欲望は、すでに先端から嬉(うれ)し涙を流している。「彼」に触れられ、雄(おす)を繫がれて悦(よろこ)びを与えられることを、圭の体は熱望している。

腹に竜の卵を抱いた圭の、ただ一人の交尾の相手である番の蜜液を、腹の奥にたっぷりと浴びせられることを。

「は、ぅうっ、マ、リウス、マリウス……！」

淫紋が赤く輝くたび浮かび上がる「彼」、マリウスの姿を、おののきながら見つめる。

透明な鱗と褐色の肌とに覆われた巨軀。

圭の尻たぶに添えられているのは、鉤爪の手だ。大きく盛り上がった胸筋と肩には独特の紫がかった黒い模様が浮かび、肩の向こうには折りたたまれた大きな片翼が覗く。

豊かな黒髪と精悍な顔立ちこそ人間のそれに近いが、彼は竜と人間の血を引く種族である、竜人だ。圭は理由を知らないが、どうしてか「邪竜」と呼ぶ者もいる。

そんな異種族の屈強の雄と番になり、彼に抱かれるため後孔を解されていることに、クラクラとめまいを覚える。

ここは異世界、レシディア。

人間である自分は、男であっても脆弱な種族なのだと、まざまざと実感させられる。

「そろそろ、いいかな。挿れるぞ、ケイ」

マリウスが体を起こし、圭の肢を抱え上げて身を寄せる。

息を詰めた瞬間、解かれた窄まりに肉杭がぐぷりと入ってきた。

「くっ、ああっ、ん、んぅっ……」

マリウスのそれは、人間の男が持つものとさほど変わらぬ形をしていた。

だが何しろ巨軀の雄の生殖器官だ。そのボリュームは凄まじく、緩く腰を揺すってゆっくりと挿入されても、圧入感で冷や汗が出る。

「……ああ、凄いな。おまえの中で竜卵が息づいている。早く俺をよこせと、そう言っているのを感じるよ」

この状況で正気を保てている自分が信じられない。

「マリ、ウスっ」

「その求めに、俺は応えよう。何度でも俺を絞り、のみ干すといい。殻を破りこの世界に生れ出る日まで、何度でも……!」

「……ぁ、あ、ああっ、はあああっ」

マリウスが中を行き来し始めると、もう何か考えることはできなくなった。

腹に抱いた竜卵が求めるままに、圭は自ら腰を揺すって熱棒に追いすがっていた。

◆

◆

◆

正確な時間の経過は、今となってはよくわからない。

でもたぶん、あれは今から一週間ほど前の出来事だったのだと思う。

今いるこの謎(なぞ)めいた異世界ではなく、圭が生まれ育ち、ごく平凡に暮らしてきた現実世界での一週間、という意味だ。

民間警備会社の警備員の職に就いていた圭は、東京湾の港湾部、某所にある倉庫の、警備の任に当たっていた。その日はちょうど夜勤で、警備員の詰め所で仮眠を取っていたところだった。

「なんだ、こりゃっ？」

港の奥まった場所にある倉庫で、誰(だれ)かが暴れているようだと連絡を受けて、圭はいち早く駆けつけた。警察が来る前に様子だけでも見ておこうと思ったからだが、そこで見たのは奇妙な光景だった。

――大きなトカゲか、イグアナの死骸(しがい)。

倉庫の床にいくつか転がっていた物体を見て、圭は最初そう思った。

だがその頭には人間の顔がついていて、体には衣服らしきものもまとっている。映画か何かの撮影でもしているのかと見回したが、そんな様子はない。

自分は一体何を見ているのだろうと、いくらか混乱しかけたとき。

「っ……！」

ギイ、ギイ、と何やら耳障りな音と、誰かの足音が聞こえてきたので、圭は反射的に物陰に隠れた。

するとそこに、先ほどの奇妙な物体と同じ種類の生き物が数体やってきて、辺りを物色し始めたのだ。

(なんなんだ、こいつらはっ?)

人間の顔に、オオトカゲみたいな手足。腰からは爬虫類(はちゅう)じみた尾が突き出ていて、背中にはコウモリのそれを大きくしたみたいな翼がついている。

そろいの衣服を着ているが、首や頭には鱗のようなものも見え、鉤爪みたいな手には大きな槍(やり)を持っていた。

フィクションの世界でしか見たことのない、まったく理解不能な生物が、ギイギイと音を立てながら歩き回っている光景。

あまりにも異様すぎて、夢でも見ているのかと疑ってしまう。

やがてギイギイという音が彼らが発する言語のようだと気づき、足が震えてきた。

彼らが言葉で意思を伝え合う高等生物なら、何か目的があってここにいるのだろう。見つかったら、容赦なく殺されるのでは……。

「……そこにいては見つかる。こっちに来て」

不意にか細い声が届いたから、心臓が飛び出しそうになる。

若い、というよりは幼い、女の子の声だ。注意深く周りを見回すと――――。

「……！」

圭が隠れた物陰の、さらに奥。

倉庫の壁にもたれかかるように、少女が座っているのが見えた。

まるで民族衣装のような、少し変わった服装。

黒く長い髪と黒い瞳、顔立ちなどは日本人ふうだが、前髪を真ん中でわけて耳の横で結い、花のような髪飾りをつけた髪型は、あまり見ないものだ。首につけたチョーカーふうの飾りも、少し変わったデザインのように見える。

一体何者なのだろうと思いながら、圭は音を立てぬよう静かに近づき、膝をついて屈んだ。すると微かに血の匂いがしたから、慌てて声を潜めて訊いた。

「きみ、怪我をっ……？」

「うん。私、もう駄目みたい」

少女が、苦しそうに小声で言う。

よく見てみると、胸の辺りに大きな裂け目があり、真っ赤に染まっている。救急車を呼ばなくてはと、そう言おうとした途端。

「なっ……？」

少女の体がぼんやりと黄色く光り出し、その光が圭をも包み始めたから、驚いて叫びそうになった。少女が静かにこちらを見上げて言う。

「もう、普通に声を出しても大丈夫。この『護りの光』の中に入れば、向こうの竜人兵には声が届かないから」

「りゅうじん、へい？」

聞き慣れぬ言葉に首を捻る。少女はかまわず話を続けた。

「私のお願いを、聞いてほしいのだけど」

「お願いって、俺に？」

「そう。私はもうじき、死ぬから」

そんなことはない、しっかりしろと言いたかったが、少女の決然とした目に遮られる。

嚙んで含めるように、少女が言う。

「あそこで歩き回っているのは、竜人。竜と人間の血を引く、異世界の種族よ」

「い、せかいって……？　まさか異世界の、ことか？」

「竜と人間も少しだけ住んでいるの。こっちに戻ってきたとき、私のお供もいたんだけど、みんな殺されてしまった」

少女が何を言っているのかさっぱりだが、もしや倉庫の床のオオトカゲの死骸のようなあれのことを言っているのか。

でも、異世界だとか竜だとか、とてもまともな精神状態とは思えない。絶句していると、少女がふふ、と笑った。

「信じてないのね？　でも、ごめんなさい、ちゃんと説明している時間がないの」

そう言って少女が、つらそうな声で続ける。

「私が持っているとても大切なものを、ある人に届けてほしいの」

「大切なもの……？」

「そう。あなたにしか、お願いできない。どうか引き受けてくれませんか」

とても切実な、少女の声音。

なんだかよくわからないが、今わの際の言葉だとわかるだけに、無下にはできない。とにかく安心させてやらなくてはと思い、圭は頷（うなず）いて言った。

「……わかった。俺が必ず届ける。約束するよ」

「本当に？」

「ああ。でもきみの怪我も心配だ。死ぬなんて言わないで、お父さんかお母さんか、身内の人に連絡を……」

「もうこの時代だと亡くなっていると思う。私、たぶんあなたよりずっと年上だから」

「……？」

少女の見た目はせいぜい十一、二歳くらいだ。譫妄（せんもう）状態でそんなことを言っているのだろうか。

「でも、私を心配してくれてありがとう。どうか、あとはお願いします……」

少女がそう言うや否や、二人を包んでいる光がグンと強くなった。

「護りの光」と、少女は言っていた。

不思議と心が落ち着くその光が視界に優しく満ちると、少女のお腹の辺りが水色に輝いて、衣服越しに何かの模様が浮かび上がってきた。わけもわからず凝視していると、少女の衣服のお腹の部分が、高温で蒸発したようになり――――。

「……！」

少女のお腹に不思議な淡い水色の模様が覗いたと思ったら、いきなりそこが破れて銀色に光る球が出てきたから、ヒッと悲鳴を上げそうになる。

直径五センチほどの銀色の球は、それ自体が光っていて、微かに脈打っているようにも見える。仰天して声も出せない圭の目の前にすっと浮かび、それからヒュンと音を立てて視界から消えた。

どこへ飛んでいったのかと、きょろきょろと見回した、そのとき。

「……うぐっ、ああああっ！」

下腹部に強烈な痛みを覚え、圭は絶叫した。慌てて見下ろすと、圭の警備員の制服と中のTシャツに大きな穴があき、銀色の球が腹に沈み込んでいくのが見えた。

「あ、ああっ、なんだ、これっ！」

腹の底に感じるゾッとするような異物感。

何ものかに体を侵食されているのを実感して、気が変になりそうだ。焦って手で取り出そうとしたが、なぜだか触れることもつかむこともできない。

球が沈みきると痛みも消え、まるで何事もなかったかのようにまた皮膚が再生し、表面に少女のお腹にあったのと同じ模様が浮かび上がってきた。

だがその色は紫で、何やら毒々しい。違和感と恐怖とで脂汗が浮かんでくるのを感じていると、少女がふう、と深く息を吐いて言った。

「ああ、あなたは大人の体をしているから、すぐにそんな色になってしまうのね。なるべく早くマルーシャに出会えるように、凄く近くに飛ばしてあげないと」

「っ？　飛ばす、って……？　きみは、何、を……」

「私はユタというの。それで、それはね、竜の卵なの。向こうの世界では、とてもとても、大切なものなのよ」

少女――ユタが言って、コホッと小さく咳き込む。

その形のいい口唇が微かに血で濡れ、目から光が失われ始めたから、死が近づいているのだとハッとした。まるで今までは卵が彼女の生命を維持していて、それを亡くしたから命が尽きようとしているかのようだ。

「……レシディア、という名前の世界なの。竜の力が失われたら、世界は滅んでしまう。

なのに、権力の道具にしている者たちがいる」

「……？」

「だから私、思わず持って逃げてしまったのだけど、追いかけられて、こんなことに……。でもよかった、あなたがいてくれて」

有無を言わせず腹に異物を入れられて、わけもわからないまま悶えているのだ。

こちらからしたらちっともよくはない状況だが、ユタの真剣なまなざしと腹に感じる「竜の卵」とやらの重みが、どうやらこれは現実に起こっていることなのだと圭に告げている。

でも、こんなものを預けられて異世界に届けてくれと言われても、どうしたら。

「……月が、出てきた」

「え……」

「今夜は『赤い月の夜』なの。レシディアへの扉が、開く日」

ユタが言って、苦しげにこちらに手を伸ばす。

思わずその手を包むように握ると、ユタが頷いて言った。

「『マルーシャ』という男の竜人よ。彼を見つけて、彼にだけ卵のことを話して。ほかの誰にも知られず、奪われることもないように」

「ユ、ユタ、でも、俺は……！」

「これをお腹から出して、『白い月の夜明け』が来れば、またこっちへ帰ってこられる。だから――」

そう言うユタの声が徐々に遠のき、自分の体の周りが赤いキラキラした光で覆われたと思ったら、視界から目の前のものがすべて消えた。

代わりにとても大きな赤い月が、海の向こうから上ってくるのが見えて――。

「う、わ……、うわぁああ……！」

今まで経験したことのない感覚に、叫び声を上げた。

温かくも冷たくもない空間。上下も重力の感覚も一瞬で消え去って、体が月に向かって「落ちて」いく。そのさなか、圭の体を包んでいた「護りの光」がすうっと消え、不思議な寂しさで涙が出そうになった。

ユタが、息絶えたのだ。

どうしてか、確かにそう感じた。胸が哀しみでいっぱいになるのを感じながら、圭は赤い月へと落下していった。

圭にとっての現実世界から、異世界へと飛ばされる間、実際に何が起こっていたのか。自分の意識や体がどうなっていたのか。

それを正確に思い出すことは難しい。グニャグニャに歪んだ時空を質量のないものになって漂っていた、というのが近いだろうか。

気づけば圭は、荒涼とした平原に倒れていた。

最初に感じたのは乾いた空気で、見上げた空は曇天。東京から少し郊外に行けばこんな感じのところはあるなと思える、至って特徴のない場所だった。

でも、そう思えたのはほんの短い時間だった。この世界、レシディアを我が物顔で跋扈する、竜人たちに出会うまでの。

『いたか！』

『いや、見失った』

『迷い人め、ちょこまかと！』

頭に直接聞こえてくる彼らの言語を、圭は深く生い茂った草むらに身を潜めて聞きながら、跳ねる心拍を鎮めようと息を殺していた。

彼らは一見するとても体格のいい人間のように見えるが、皮膚はところどころ青や茶、あるいは緑がかった爬虫類の鱗のようなもので覆われており、手足は鉤爪のようになっている。

それればかりか背中に翼状の骨っぽい部分があったり、尾のある者もいる。

かろうじて衣服らしきものをまとってはいるが、完全にＳＦ映画に出てくるクリーチャーそのもの。倉庫で見た連中よりもいくらか原始的で小柄に見えるものの、ほとんど変わらない。

彼らが竜と人間の血を引く竜人なのだと知らなければ、自分の正気を疑っていただろう。

（クソ、まさかこんなことになるなんて……！）

圭は元々、非科学的な事象を信じるほうではなかった。警備の仕事は単調だったが、「ここではないどこか」で別の生き方をする自分を空想してみたりするほどでもない。

ごく平凡に暮らす多くの人々と同じように、今日の次には変わらぬ明日が来るもの、少しばかり退屈だが平穏でありふれた現実が、この先も淡々と続いていくものだと、そう思って日々を生きてきたのだ。

それなのに……。

『この先は邪竜の洞窟だ。ひと雨来そうだし、ここで捕まえないと面倒なことになるぞ』

『もう上界の役人どもに任せておけばいいんじゃないか？』

『奴らに恩を売っといて損はないだろ？』

『そうだな。どっちにしろ、人間なんてこの下界じゃ長くは生きられないんだ。まだ息があるうちに捕まえて、褒美をもらおう』

彼ら――竜人たちの言葉に、不安が募る。

ユタはただ、圭に竜の卵を託し、こちらの世界にいる「マルーシャ」という竜人にそれを届けてほしいと言っただけだ。彼以外のほかの誰にも知られず、奪われることもないように、と。

この世界の説明はほとんどなかったし、人間が長くは生きられないなんて、そんな物騒な話も聞いてない。本当に無事に元の世界に帰れるのかと、焦燥感を覚える。

「おい、いたぞ！」

「……！」

翼を使って軽くジャンプした竜人にあっさり見つけられ、慌てて駆け出す。

レシディアで目覚めてから半日ばかり、圭はずっと曇天の平原を逃げ回っている。

腹にある竜の卵のおかげなのか、耳で聞くだけではまったく内容のわからない竜人の言語も、頭の中で意味のある言葉として捉えることができているが、竜人たちは誰も「マルーシャ」を知らず、問答無用で圭を捕らえてどこかの役人に引き渡そうとしているのだ。

（捕まってたまるか！）

圭は、警備員になる前は警察官だった。

自分が何かまずいものを運んでいるようだというのは薄々感づいていたし、この世界の警察機構（そもそも存在するのかどうかもわからない）がどうなっているのかまったく見当がつかない以上、下手に捕まるよりは逃げたほうがいい。

そう判断したのだった。

「くっ！」

竜人の一人がまたジャンプをし、空中から降下して背後からつかみかかってきたので、なんとかかわして振り向きざまに渾身の回し蹴りを頭に叩き込む。

人間なら膝から崩れ落ちるところだが、竜人の鱗に覆われた皮膚は硬く、わずかによろめいただけだ。

しかし幸い、彼らは翼があっても長く飛翔していることはできないらしい。

走って追いかけてくるスピードがそこまで速いわけでもないので、圭はそれ以上向き合うのをやめ、また駆け出した。

「クソ、待て！」

待てと言われて待つ気はないし、いい加減疲れてもきた。行く手に大きな崖があり、それを回り込んだ先に森が見えたので、どうにか身を隠せそうだと足を速めると――。

「もういい、こいつで足を止めよう！」

竜人の一人が叫んだので、チラリと振り返ると、竜人の大きな鉤爪の手にはサッカーボール大の岩が握られていた。

そんなものをぶつけられたら、足どころか息の根が止まってしまう……！

「……おい、よせ。殺す気か」

不意に頭上から低く通る声が届いたので、危うく叫びそうになった。竜人たちがハッと動きを止め、頭を上げて近くの崖の上を注視する。

竜人たちから距離を取りながら、圭も視線を向けると。

「……っ？」

一見すると人間のような体軀に、皮膚の一部を覆う透けた鱗、鉤爪の手と太い尾。

どんよりと曇った空を背に、こちらを威圧するように立派な左の翼を広げてそこに立っていたのは、一人の竜人の雄だった。

圭を追いかけてきた者たちよりも、体がずっと大きい。

長めの黒髪と少し緑がかった青い瞳を持ち、鱗はつるりとしている。鱗に覆われていない部分の皮膚は褐色（かっしょく）だ。精悍な顔つきをしていて、まっすぐにこちらを見据える瞳には知性が宿っている。

この竜人のほかに周りに誰もいないところを見ると、どうやら声をかけてきたのはこの竜人らしいのだが――――。

「ひ、ひい！　邪竜だ！」

「た、助けてくれ！　食わないでくれぇ！」

「っ？」

竜人たちが後ずさりながら、慌てふためいて叫んだから、ギョッとして冷や汗が出た。

透明な鱗と褐色の皮膚とに、所々紫がかった黒い刺青（いれずみ）のような模様があること。

そして大きな翼は、どうやら左翼しかないらしいこと。

それ以外、圭にはほかの竜人との差がよくわからなかったが、もしや「邪竜」とは竜人とは別の種族で、取って食われる危険があるのだろうか。

「そ、そいつはあんたにやる！　だから、見逃してくれー！」

竜人の一人がそう言って逃げ出すと、ほかの者たちもすぐにあとに続く。

この半日、あんなにもしつごく追いかけてきていたくせに、まさかそんなに呆気なく去るなんて思わなかった。唖然としている間に「邪竜」と呼ばれた竜人と二人きりになってしまい、ひたひたと恐怖心が湧いてくる。

（どう、したらいい？）

こんなデカいのに襲われたらひとたまりもない。

とにかく逃げ出さなければと思った、そのとき。

「うわっ……！」

「邪竜」がいきなり崖の上からひらりと舞い上がったから、驚いて叫んだ。

片翼ではあるが、いくらか飛ぶことができるらしい。翼を揺らすだけで辺りの砂塵が舞い上がり、風圧でこちらは立っているのもやっとだ。

（片翼なのに飛ぶとか、ありかよ！）

これではとても逃げられない。素手で戦って勝てる相手とも思えず、胃の辺りがキュッ

と締めつけられる。

もはや少しも動けずにいると、「邪竜」はそのまま圭の目の前に降り立った。

顔をじっと見据えられ、恐怖で体が震え出してきたが――――。

「……ハア、まったく。俺もたいがい嫌われたものだな」

「っ？」

「おまけに食わないでくれ、とか。俺は肉より、野菜のほうが好きなんだがなぁ」

「……？」

深いため息と、ぼやくみたいな声。

圧のある見た目とは真逆の発言に虚を突かれ、思わずまじまじと顔を見つめると、「邪竜」が親しげな表情を見せて言った。

「初めまして。人間の雄だな？　名は？」

「……っ、け、圭だ」

「ケイか。迷い人に会うのは久しぶりだ。どこから来たんだ？」

何やら気安い問いかけに当惑する。

だが目の前の竜人は、「邪竜」と呼ばれるような存在だ。もしかしたら親しげに見せて、こちらを何か試しているのかもしれない。そうでないとしても、ここまで来て上界の役人とやらに引き渡されては、半日逃げ延びた意味がない。

とにかく慎重にしなければ。圭はぐっと拳を握って言った。

「……マルーシャ」

「何……？」

「マルーシャという竜人の男を、探している」

声が震えぬよう腹に力を入れてそう言うと、「邪竜」が微かに目を細めた。

「そうなのか？　その男に、なんの用だ？」

「言えない。ほかの誰かには、話せないんだ」

圭の言葉に、「邪竜」が考えるふうに小首を傾げる。

それから何か探るようにこちらを見て、ゆっくりと切り出す。

「何か事情がありそうだな。だが、おまえは誰からその名を聞いた？　ここには彼を知っている者はほとんどいないぞ？」

「彼を、って……、あんたは知っているのか、その男をっ？」

ようやく手がかりを得られた嬉しさで、思わず勢い込んで問いかける。

すると「邪竜」が軽く頷いた。

「ああ、知っているといえば知っている。だが、彼は……」

「邪竜」が言いかけた、その刹那。

突然圭の全身にゾクリと悪寒が走り、ドキドキと心拍が跳ね始めたから、驚いて目を見開いた。

いきなり、どうしたのだろう。目の前の「邪竜」の姿が明滅するほどに脈が速くなって、呼吸も荒くなっていくのがわかる。

うろうろと視線を泳がせると、遠くの地平から何か圧迫感のようなものを感じることに気づいた。視線を向けると、地平から細い月が昇ってくるのが、雲越しに見えた。

「ううっ！」

へその下辺りがギュッと締めつけられる感覚に、呻いてしまう。ここへ来て以来、なるべく考えないようにしていたが、腹の底の竜の卵と、もしや何か関係が――？

「……おい、おまえまさか、卵を抱いているのかっ？」

「っ！」

「邪竜」にあっさり言い当てられ、さっと下腹を手で押さえる。

圭の腹の中に埋め込まれた、竜の卵。

それに何かが起こっているのか、衣服の上からでもそこがジンジンと熱くなっているのがわかる。腹を突き破って何かが出てきそうな不安で叫び出しそうになっていると、「邪竜」が何か納得したような顔で言った。

「巫女だったのか、おまえは。竜宮から逃げてきたのか？　番は？」

「……な、にを言ってっ……？　巫女って、俺は男だぞっ？」

彼の言葉の意味がわからず、混乱しながら問い返す。一瞬すべてが夢物語なのではと思いもしたが、腹の違和感は誤魔化しようもない。

焦っていると、「邪竜」がこちらに近づき、腹を押さえる圭の手ごと、大きな鉤爪の手でシャツをつかんでまくり上げてきた。

「っ？」

圭の引き締まった下腹で妖しく明滅する、毒々しい紫色の紋様。

卵を埋め込まれたときに、そこにそれがあることの印のように浮かび上がってきたものだが、そのときは光ってなどいなかった。

何もしていないのに皮膚が光るなんて意味がわからない。一体何が起こって……？

「まだ番が決まっていないのか。だが、この卵を抱く巫女はとうに決まっていたはず。なぜおまえがこれを……？」

言いかけて、「邪竜」が不意に何かに気づいたように顔を顰めた。

「そうか、先日から上界が何やら騒がしいのには気づいていたが、まさかユタが……？」

「！　そ、そうだ、あの子はそう名乗っていた。知っているのかっ？」

ユタを知っているのなら、やはりマルーシャの行方も知っているのではないか。圭はすがる思いで言った。

「なあ、頼むよ！　マルーシャって男の居場所を知ってるなら教えてくれ。俺はその男に、コイツを渡さなきゃ……、うぅ、あ、ああっ！」

いきなり腹をぐにゅぐにゅとかき回されるみたいな感覚を覚えたから、たまらず叫ぶ。

まさか卵が孵（かえ）ってしまったのか。恐怖でパニックになりそうだ。

「な、なんなんだこれっ、どうなってっ……！　あぁっ、うう……！」

膝の震えが激しくなり、立っているのがつらいと感じた途端、体がぐらりとよろめいた。

すると「邪竜」がさっと圭の体を支え、小さくため息をついた。

「……やれやれ、どうやら本格的に発情し始めているようだな」

「は、はつじょうっ？」

「腹の卵が番を求めているんだよ。子種を注いでくれる雄をな」

「な、んっ？」

「邪竜」の言葉にいよいよ混乱してしまう。

哺乳類（ほにゅう）である人間の男の自分が卵を、しかも竜の卵を抱いているというのが、もうすでに常軌を逸しているが、番に子種となるといい加減思考を放棄したくなる。

だが、体が徐々におかしな感覚になってきているのはひしひしと感じる。血圧が上がったみたいになって全身が震え、呼吸もますます乱れていくのだが、これは体調不良というより、別の感覚に近い。

こんな状況なのに認めたくないのだが、これは性的興奮ではないか――――？

（……嘘だろ。俺、なんで勃ってっ？）

間違ってもそんな場面では絶対にない。

なのに、男性の証が頭をもたげ始めているのに気づいて頭が熱くなる。早くマルーシャという竜人を見つけて卵を腹から出さないと、何かとんでもないことになってしまうのでは……。

「仕方がないな。とりあえず、それをおさめようか」

「え……、っ、ンんっ？」

やおら体を抱き寄せられたと思ったら、何かで口唇を塞がれたから、驚いて固まった。

大きく目を見開き、何が起こっているのか確認すると。

（……キ、ス……されてるっ？）

昨日までその存在すらも知らなかった竜人、しかも男に、キスをされるなんて。もはや今まで生きてきた現実のほうが幻だったのではと思えるくらい、衝撃的なことだった。

抵抗したいのに、たくましい腕で抱えられていて身動きも取れない。うーうーと唸り声を上げ、せめてもの抗いを示していると、やがてヒヤリとしたものが口腔に滑り込んできた。

「――――！」

それはどうやら「邪竜」の舌のようだった。圭の体温よりもいくらか冷たいそれが口腔をなぞり、こちらの舌に絡まってくる。

　普通に考えたら、おぞましさでどうにかなりそうだが。

「……ん、ん……、ふ、ぁっ」

　無意識に口から洩(も)れた甘ったるい吐息に、自分でも驚いてしまった。

　どうしてかわからないが、「邪竜」の口づけは不快ではなかった。キスが深まるにつれ四肢が痺(しび)れたみたいになって、頭もモヤモヤしてくる。

　腹部の紋様はまだ熱く感じるが、体からは徐々に力が抜け、「邪竜」の腕にだらしなくもたれかかっていくのがわかる。キスをされただけで、どうしてこんな……？

「おっと、やりすぎたか。大丈夫か？」

「邪竜」が気遣わしげに言って、顔を覗き込んでくる。

　すっかり体を支える力を失い、ぐったりと見上げると、「邪竜」が静かに言った。

「ケイ、よく聞いてくれ。マルーシャは、俺だ」

「……え……」

「俺をマルーシャと呼ぶのは、この世でユタだけだ。……いや、だった、と言ったほうがいいのか」

「邪竜」が言って、哀しげな目をしてこちらを見つめる。

「ユタは、死んだんだな？」

何も話していないのに、まるで確信しているかのように「邪竜」が訊いてくる。

そのさりげない声音とは裏腹に、深い慟哭（どうこく）が聞こえてくるような目をしていたから、圭は何も言葉を返せなかった。

でも「邪竜」も、返事を求めているわけではなかったのだろう。小さく頷き、ぐったりした圭の体を肩に担ぎ上げて、独りごちるみたいに言う。

「だが、これもまた運命か。これがユタの遺志だというのなら、応えようじゃないか」

「……お、い？　う、わぁあ……！」

体がふわりと浮く感覚に叫んだが、それ以上意識は保たなかった。

圭は「邪竜」に抱えられたまま、異世界の広野を飛んでいた。


どこからか、いい匂いが漂ってくる。

子供の頃、ときどきこういう匂いがしていたのを覚えているのだが、なんの匂いだっただろう。

（……野菜と、肉を煮る匂い……？）

カレーやシチューなどの具材を煮ているときの、ふわりと優しい匂い。誰かが食事を作っているのか。

でも圭は、進学で田舎から上京して以来、ずっと安アパートで独り暮らしだ。キッチンも広くないので、社会人になって久しい今も大したものは作っていない。

作ってくれる恋人がいたこともあったが、警察官の頃は仕事にのめり込んでいたし、警備員に転職したあとも生活が不規則で、とても料理どころじゃなかったから、なんだか懐かしく感じる。

「おぉ？　目が覚めたのかぁ？」

「わっ？」

空腹感を覚えてぼんやり瞼（まぶた）を開いた途端、目の前に小さな子供がいたから、驚いて目を見開いた。

子供とはいっても、顔の皮膚のところどころが青緑色の鱗に覆われていて、その手足は鉤爪のようになっている。背中には小さいながらも翼があり、尾も生えている。

この姿がハロウィンの仮装だとかでないのだとすると、この子は竜人とやらの子供なのだろう。

（本当に異世界に飛ばされたんだな、俺）

自分が横たわっているのが安アパートの自室ではないどころか、遠い別の世界であることをはっきりと悟って、冷や汗が出る。竜人たちから半日ひたすら逃げ回っていたのは、夢などでなく現実だったようだ。

「おーいマリウスゥ！　人間が起きたぞぉ〜！」

子供がパタパタと走って部屋を出ていく。

顔だけ動かして見回すと、そこは土壁に覆われた丸い形の部屋だった。

ドーム状の天井はそこそこ高く、アーチ型の入り口の間口は妙に広い。

天井の天辺に明かり取りと通気用と思しき窓がついているが、側面には窓がなく、やたらと大きなベッドと長椅子のほかには調度品もない。

あまり馴染みのない、外国みたいな建築様式の部屋に、戸惑ってしまう。

「やあ、起きたか。気分はどうだ？」

入り口から、「邪竜」と呼ばれ恐れられていた竜人が姿を見せ、緑がかった青い瞳でこちらを見つめて訊いてくる。

圭よりもずっと大きな体。肩や胸の筋肉は盛り上がり、鉤爪の手足も大きい。衣服の下から出ている尾はごつごつとしていて、クロコダイルやアリゲーターのそれを思わせる。

褐色の肌と透けた鱗とに浮かび上がる紫がかった黒い模様は、改めて見ると本当に刺青のようで、なんだか見る者を圧倒するような迫力があった。

例の片翼は今は折りたたまれているが、もし両方の翼があったなら、広めの部屋の入り口は彼にはちょうどいいだろう。

つまりこの部屋は、竜人が住まうのに適した形をしているということだ。

「……ここは、レシディア、なのか……？」

「ああ、そうだ。俺はこの集落の長、マリウスだ」

竜人――マリウスが言って、つけ加える。

「ちなみに、俺を『邪竜』などと呼んで恐れる者もいるが、おまえを食ったりはしないから
そこは安心してほしい。それから昨日話したとおり、ユタからはマルーシャと呼ばれていた。これも本当だ」

圭の警戒心を解こうとするみたいにゆっくりとした、マリウスの言葉。一つ一つ吟味していると、マリウスが笑みを見せて言った。

「まあいい、話はあとでいくらでもできる。それより腹が減っているだろう？ 人間向きの料理を作っておいた。よければ食べてくれ」

「料理……？ で、でも……」

確かに昨日は何も食べていなかったが、よくわからない世界で食べ物を口にすることには抵抗がある。

それにまだこの竜人の男、マリウスが信用できる人物なのかどうかがわからない。

そう思ってためらったが、マリウスが入り口から部屋の中へと入ってくると、その後ろから先ほどの子供の竜人が、深い皿に入った湯気の立つ料理を盆に載せて運んできた。

懸命な姿に、無下に断るのも悪いかと、ゆっくりと身を起こすと、子供の竜人が圭の脇

に盆を置いた。

　皿を覗いてみると、中身はポトフのような煮込み料理だった。脇に添えられた黄色いパンらしきものもいい焼き色をしていたから、知らず腹がぐうっと鳴ってしまう。

　とりあえず、なんの肉かくらいは訊いてみるべきか……？

「手伝ってくれてありがとう、タオ。彼と少し話がしたい。二人きりにしてくれるか？」

「うん、わかったよマリウス。人間！　いっぱい食べて早く元気になるんだぞ！」

　タオと呼ばれた子供が大人びた口調で言って、部屋を出ていく。

　マリウスがベッドの足元のほうに軽く腰かけて、訊いてくる。

「肉は、カモの肉だ。パンはトウモロコシ粉でできているが、食えるか？」

「……大丈夫だ。いただき、ます」

　正直、爬虫類系の生き物か何かの肉だったら、ちょっと躊躇してしまったかもしれない。とりあえず鳥類でよかったと思いながら、盆を引き寄せて匙を取り、恐る恐るスープをひと口飲む。

　臭みも何もない、すっきりとした味。

　なんだか体にしみとおってくるようだ。野菜はよくわからないものもあったが、食べてみるとイモや根菜類のようだった。肉はほろりと崩れるくらい煮込まれていて、とても時間をかけて作ってくれたものだとわかる。

「口に合ったのならよかった。たくさんあるから、遠慮せず食べてくれ」

マリウスが言って、少し安堵(あんど)したような顔をする。

彼の言葉に甘えて、パンを浸しながら食べていたら、あっという間に平らげてしまった。

わけもわからず飛ばされてきた異世界。それでも自分はちゃんと生きて存在しているのだと、物を食べたことでそんな実感が湧いてきた。

「ごちそうさま。その……、ありがとう」

「礼を言われるほどのことじゃないさ」

マリウスが言って、探るように訊いてくる。

「ケイ、といったな？　よければ、何があったか教えてほしい。おまえの腹にある竜卵は、ユタが……？」

「話す前に、もう一度確認したい。あんたは本当に、『マルーシャ』なんだな？」

ほかの誰にも知られずに、というユタの言葉に従わなければと思い訊(たず)ねると、マリウスがその精悍な顔に真摯(しんし)な表情を浮かべた。

「ああ、そうだ。もうそれを証明するすべはないけどな。でも、俺はユタがこの世界に来た日を知っている。まだ三歳くらいで、マリウスという俺の名を上手く発音できずに『マルーシャ』と呼んだ。それが、その呼び名の由来だよ」

「……美味(うま)いな、これ」

マリウスが言って、圭を見つめる。

「ユタは、十二歳くらいの姿をしていただろう？　髪は黒くまっすぐで、耳のところで軽く結って、残りは垂らしていたのでは？」

「ああ、そうだ」

「目の色も黒。瞼は二重で、肌は色白。もしかしたら、首に赤い石の首飾りをしていたかもしれないな？」

すべてユタの特徴そのままだ。マリウスが小さく頷く。

「久しく気にしたこともなかったが、確かに数日前に『白い月の夜明け』が来たな。そして昨晩は『赤い月の夜』。おまえはそれで来たんだな？　衣服が少し変わっているのは、昔ユタが来たのと同じ、人間の世界から来たからだろう？」

圭の服を見て、マリウスが言う。

竜人から逃げ回っているときに警備員の制服の上着は脱ぎ捨てたので、今の圭は中に着ていた白いTシャツに制服のズボンを穿いている。この世界では確かに奇妙な格好に映るだろう。マリウスはユタのことも、圭がいた世界の存在も知っているようだ。

危害を加えるつもりもなさそうだし、マルーシャ本人と断定して、事情を話してもいいのではないか。圭はそう思い、頷いて言った。

「あんたの言うとおりだよ、マリウス。俺はここじゃない世界から来た。だから向こうでユタを見たとき、俺も変わった服装だなって思ったよ」

　ユタの話を思い出しながら、圭は順を追って続けた。

「お供と一緒にこっちの世界から来たって、あの子は言ってた。でも追手にみんな殺されてしまって、あの子自身も怪我をしていて」

「怪我を……」

「竜だの竜人だの、俺にはとても現実とは思えなかった。だけどとにかく頼まれたんだ。あんたに卵を渡してほしいって。詳しい話はわからないけど、こっちの世界ではとても大切なものだからって、彼女はそう言ってたよ」

「そうか。ユタが、そんなふうに」

　ぽつりとマリウスが言って、過去を懐かしむように目を細める。

「小さい頃、ユタは泣いてばかりいた。だが、俺の知らぬ間にずいぶんと強くなったようだ。せめてもう一度だけでも、会いたかったな」

　残念そうな言葉に、ユタが息を引き取った瞬間の感覚を思い出して胸がキュッと痛くなる。でも、どうしてマリウスはそれを知っているのだろうか。

「……あの子が死んだの、あんたはなんでわかったんだ？」

「竜卵は、むき出しのままでは異世界との間を行き来できないんだ。そして一度人間の腹に抱かれたら、生きた人間にしか孵せない。宿主が命数尽きるとわかれば、卵自らが別の宿主を選ぶ」

そう言ってマリウスが、ごくさらりと続ける。

「つまりおまえが持っているということは、前の宿主であるユタはもう死んでいるということだ。おまえは人間にしては強く、体力もありそうに見える。だから選ばれたのかな」

「たまたま通りかかっただけだけど……」

「なら、それも運命だ。人間なら誰でも巫女になれるわけではないからな」

「待った！　巫女って？　あんた、確か昨日もそんなこと言ってたな？」

「卵の宿主となって孵す大役を担う人間は、この世界ではみな巫女と呼ばれている。人間の性別は関係ない」

「孵すっ……？　って、もしかして、俺がかっ？」

卵を届け、取り出して終わりだと思っていたのに、まさかそこまでと、驚愕（きょうがく）して叫ぶと、マリウスが当然のことのように言った。

「このレシディアでは、巫女とはそういう存在だ。ユタは十二のときに適性を認められて巫女に選ばれ、竜宮と呼ばれる神殿に移り住んだ。以来三百年、歳（とし）を取ることなく、定められた竜が卵を産むときを待っていた」

「三百年っ？」

自分はあなたより年上だと言った、ユタの言葉を思い出す。

まさかそんなにも上だったとは。

「今回みたいなのは、とてもまれな事態だよ。巫女は長い待機時間の間に竜卵を孵すための力を溜めていくのが常で、普通の人間が突然代わるのは難しいからな」

マリウスが言って、言い含めるような口調で続ける。

「だがユタ自身から直接卵を引き継いだのなら、今はおまえが巫女だ。おまえが死ぬか、あるいは卵が孵って竜が生まれるまで、腹の中から出すことはできない」

「嘘だって言ってくれ」

「いや、事実だよ。そんな嘘を言って、俺になんの得がある？」

困ったように、マリウスが言う。

「そんなことよりも、問題は番だ。ユタは十二の少女の体のままだったから猶予があったが、おまえは成人しているようだ。発情も始まっているしな」

「そういや、昨日そんな話もっ……！」

わけがわからず欲情したみたいになったばかりか、マリウスに口づけられたことを思い出して顔が熱くなる。子種をくれる雄がどうとか、マリウスはそうも言っていた。

なんだか嫌な予感しかしない。圭は恐る恐る訊いた。

「なあ、番、ってさ。もしかしてその……、夫婦的な、あれか？」

「そんなようなものだな。端的に言えば、竜卵を抱いている人間の巫女と、その竜卵に子種を植えつける竜人の雄の、組み合わせのことだ」

　きっぱりとそう言われ、天を仰ぎそうになる。マリウスが淡々と説明する。

「昨日、おまえは月の出と共に発情しただろう？　あれは竜卵がそうさせているんだ。瘴気を発して竜人を誘い、交尾する雄を見つけようとしている」

「交尾っ？　でも俺は、男で！」

「知っているよ、もちろん。でもそれは関係ない。環境や個体数の変化、そのほか様々な要因が、竜の繁殖の形態を変えてきた。人間の体は、いわゆる借り腹なのさ」

「かりばら？」

「雌の竜が産んだ卵は、単体生殖では雄だけが生まれるが、人間の体内で温め竜人の雄と番えば雌が生まれるんだ。今の形に落ち着いたのは、数万年以上前だと聞いている」

　マリウスが言って、言いにくそうに告げる。

「おまえは人間の世界では雄として生きてきたのだろうから、抵抗を感じるのは無理もない。だが何もせず放っておけば、おまえは夜な夜な発情に悩まされることになる。それはそのまま人間の世界に帰ったとしても同じだ。人間の雄の力では、竜を孵すことができないからな」

「……つまり、どうあっても竜人に抱かれろと？」

「そのとおり」

「だ、だけど、なんとかして取り出すことができればっ……！」

「先ほども言っただろう？　それができるのは宿主が死に瀕したときだけだ。もしくは竜が孵るときで、そのためには竜人の子種がいる。それを得られない場合、おまえは文字通り死ぬまで劣情に苦しむことになる」

「そんな……！」

死ぬか、竜人の雄に抱かれるか、それを拒んで毎晩悶絶するか。

あまりにも極端すぎて、頭が真っ白になる。

今まで、ごく普通の人生を送ってきたのに、まさかいきなりこんな究極の選択を突きつけられるなんて思いもしなかった。あのときユタがこのことを言わなかったのは、圭が男で、こんなふうにショックを受けるかもしれないと考えたからだろうか。

もちろん、知ったからといってユタの願いを無下にしたくはない。でもさすがにハードモードすぎはしないかっ……？

「戸惑う気持ちはわかる。俺もこういう事態は初めてだしな」

なだめるみたいに、マリウスが言う。

「だが、これも何かのさだめなのだろう。おまえさえよければ、俺が番になろうか？」

「っ？　あんたが？」

「俺は独り身だが、生まれたばかりの竜の面倒は何度か見ている。外界からたまたま下界に流れ着いた竜卵から生まれた、単体生殖の雄の個体ばかりだから、多少違いはあるかもしれんが、まあ幼竜のうちは同じようなものだろう」

そう言ってマリウスが、頷いてみせる。

「この下界の環境は人間には過酷だが、一度竜卵を腹に抱えた人間なら適応する。無事に竜を孵したら俺が育ててやろう。おまえは『白い月の夜明け』が来たら元の世界へ帰るだけだ。どうだ、悪い話じゃないだろう？」

「いや、どうだ、って言われても！　俺、そういうのはっ……」

「何が問題だ？　人間は雄同士で番うことは、あり得ないのか？」

「あり得なくはない！　んだが、その……、俺にはその指向はないっていうかっ」

死ぬのも、発情して苦しむのも避けたいが、だからといって男、しかも異世界の屈強そうな異種生物に抱かれるのを、すんなりと受け入れられるわけもない。

思わず頭を抱えていると、マリウスが言った。

「まあ、夕刻までまだ間がある。少しゆっくりして……」

「おーいマリウスゥ！　大変だぞぅ！」

先ほどのタオという子供の竜人が部屋の入り口のほうから顔を出して、さほど大変そうでもなく声をかけてくる。マリウスがそちらに視線を向け、優しく訊ねる。

「どうかしたのか、タオ？」

「表でジェイとセシルが、いつものやつやってる」

「やれやれ、またか。すぐ行くよ。教えてくれてありがとう」

マリウスが困ったふうに言って、立ち上がる。行ってしまうのだろうか。

「ケイ、動けそうか？」

「え……、と、たぶん？」

「よければここを少し案内したい。ついてきてくれるか？」

マリウスが入り口へ向かいながら言う。

ここに置いていかれるより、少しでもこの世界の様子が知りたい。圭はベッドから降りて、マリウスのほうへと歩き出した。


「あっ、人間さんだ！　こんにちは！」

「こ、こんにちは……」

「マリウスのお客さんだね。あとでお茶でも飲みにきなよ！」

「どうも」

圭は声をかけてきた竜人の子供や、いくらか年のいった者たちに応え、それから遅れないようマリウスについていった。

寝ていた部屋の雰囲気から、普通の建築物なのだろうと思っていたが、どうやらここは、自然にできた洞窟の中を掘り進め、間仕切りで区切って住めるようにした場所らしい。

圭が寝ていた部屋はやや奥まったところにあり、両脇にはマリウスの寝室や、書斎のような部屋が並んでいた。少し進んだところには厨房と食堂、そして会堂のような場所があって、そこにはタオのような子供の竜人が何人もおり、圭に元気に挨拶してきた。

会堂からは通路が縦横に延びていて、その左右にはいくつもの居室があり、そこで暮らしていると思しき竜人たちも、さっきから圭に気さくに声をかけてくる。

集合住宅というよりは、長屋のような雰囲気に近い。

「たくさん住んでるんだな。みんな竜人か？」

「今は、そうだな」

マリウスが答えて、少し低くなったアーチ状の入り口をくぐる。

するとそこには大きな空洞があり、ちょっとした広場のようになっていた。

大工仕事や洗濯、編み物などをしている若い竜人たち、あるいは年老いた竜人や子供たちがいて、くつろいだ様子で話したり、走り回って遊んだりしている。

洞窟の中ではあるが、天辺にはやはり明かり取りの穴が開いていて、外の光が差している。広場の向こう側の壁にも入り口がいくつもあり、その奥にも掘り進められた居住区ができているようだった。

広場は一応「屋外」で、皆が集う公園のような空間なのだろう。空洞の続く先には明るい光が見えているから、本当の外はその先にあるのだろうか。

（そういえば、『邪竜の洞窟』とかなんとか言ってたな、昨日の連中）

昨日、圭を追いかけ回していた竜人たちが、そんな言い方をしていたのを思い出す。

でもその言葉から受ける印象よりも、ここはずいぶんとのどかな雰囲気だ。

皆それほど体が大きくはなく、翼や尾も小さかったり、マリウスのように片翼だったり。子供や高齢の竜人もとても多いし、住人たちの気性が荒そうだとか凶暴そうだとか、そういう気配もない。

だからあの外の竜人たちが何を恐れていたのか、圭にはよくわからない。

マリウスにしても、「邪竜」と呼ばれているのがなぜなのか不思議なくらい、穏やかな性質に見えるのに。

「この先は洞窟の外に続いている。おまえは竜卵のおかげで耐性があるが、それでもあまり行かないほうがいいな。こちら側の出口から外に出ると、『死の海』に近づきすぎる」

「『死の海』って？」

「上界との境界だよ。毒素の強い水で満ちている。まあ、泳ぐのには向いていないな」

「毒素……！」

異世界でうっかりそんなところに足を踏み入れたら、どんなダメージを受けるか想像もつかない。昨日、半日独りで逃げ回って無事だったのは、もしかするととても運が良かったのかもしれないとヒヤリとする。上界とか下界とか、この世界の構造についても、あとできちんと教えてもらわなければならない。

「てっめえ！　もう一度言ってみろ！」

「何度でも言ってやるよ、この腰抜けジェイ！」

「セシル！　この間抜けのセシルめっ！」

「あ！　間抜けって言ったなっ！」

マリウスの進むほうから、何やら威勢のいい声が聞こえてきた。

広場の一角に人だかりができていて、その真ん中で二人の竜人の男がお互いにつかみ合って間近でにらみ合っている。夜の繁華街などで時折起こる、若い男同士のよくある煽り合いだろうか。周りがはやし立てるから引くに引けなくなってしまうやつだ。

(え、もう流血してるっ？)

人間の男同士なら、胸ぐらをつかみ合った程度では大した怪我にはならないが、竜人同士は手が鉤爪で凶器みたいなものだから、小競り合い程度でも血が出るような怪我をするのだろう。

早めに止めないとまずいのではと思った途端、前を行くマリウスがすっと足を速めた。

「こっちも何度でも言ってやるぞ間抜けのセシルめ！　今日こそ叩きのめしてやる！」

「こっちの台詞(せりふ)だ腰抜けジェイ！」

「……ようし、そこまでだ、二人とも！」

人だかりをスッとかき分けて音もなく近づいたマリウスが、左右の手で二人の竜人の翼をつかんでひょいと引き離す。銀色の短髪のジェイというほうの竜人が、目を丸くする。

「マリウスっ？　いつの間に！」

「こ、これは喧嘩(けんか)じゃないよ！　じゃれてただけ！」

茶色いボブヘアのセシルのほうも、慌てて言いわけをする。

どうやら、喧嘩は御法度のようだ。マリウスが呆(あき)れたようにため息をつく。

「昨日も一昨日(おととい)も同じようなことを言っていたな？　争い事はよくないと、いつも言っているだろう？」

「だけど、セシルの奴が！」

「ジェイが先に！」

「どちらが先でも、手を出し傷つけ合えば同じことだ。客人の前で恥ずかしいぞ？」

マリウスが言って、二人を両手で持ったままくるりとこちらに体を向ける。

「ケイ、紹介しよう。ジェイとセシル。まだ若いが、この集落のみんなをよくまとめてくれている。そして一番の働き者たちだ」

マリウスが言うと、バツの悪そうな顔をしていたジェイとセシルの顔がパッと明るくなった。二人を交互に見ながら、マリウスが言う。

「彼はケイ。見てのとおり人間だが、竜卵を抱いている。孵るまで保護するから、おまえたちも何かと面倒を見てやってくれないか？」

「竜っ？　生まれるんすかっ？　やった！」

「うわぁ、久しぶりだね！　おめでとう！」

「えっ、おめでとう、って……？」

ジェイとセシルの思わぬ言葉に驚いたが、二人の周りを取り囲んでいた竜人たちも、次々祝福の言葉を口にし始めたから、どうやらおめでたいことらしいとわかる。

でも圭としては、できれば産まずにすむ方法を考えたいのだが。

「俺、いろいろお手伝いしますよ！　ていうか、まずはお祝いしないとっすね！」

「い、いや、えーと、祝ってもらうようなこと……、なのか？」

「だってめったにないことだし！　うーん、卵抱いてるときって、人間は何食べたらいいんだっけ？　ジェイ、知ってる？」

先ほどまで喧嘩していたのに、ジェイとセシルが嬉々として話し出す。

マリウスが二人を下ろして、圭にニコリと微笑みかける。

「みんなおまえに協力してくれる。何も心配はいらないぞ、ケイ」

「マリウス……」

「生まれたら俺が育ててやる。おまえは無事に孵すことだけ考えてくれればいいさ」

マリウスが言って、軽く頷く。

すっかり産む感じになってしまったことに戸惑いながら、圭はマリウスを見返していた。


その夜のこと。

「じゃあ、ケイ。また明日ね！」

「また一緒に遊んでね！」

マリウスの部屋がある区画の、広い会堂。

ジェイやセシルのほか、マリウスが傍に置いて面倒を見ているらしい子供の竜人たちは、まだ夕食後の団らんを楽しむようだ。

圭は午後の間と夕食の時間、彼らと少し過ごして、この世界の話をいろいろと聞いたり、子供の竜人の遊び相手になったりしていたのだが、月の出の時間が近づいているとマリウスに促されたので、彼らと別れて寝室へと戻ることになった。

なんだか、一日があっという間にすぎた感じがする。

「みんな、ずいぶん人懐っこいんだな」

石壁の廊下を歩きながら圭が言うと、マリウスが笑みを見せた。

「珍しがっているんだ。ここの住人のほとんどが、人間を見たことがないからな」

「人間は、上界ってとこにいるからか？」

「ああ、そうだ」

　このレシディアは、竜と竜人と人間の住まう世界で、上界と下界の二つの地域があり、「死の海」と呼ばれる毒素の強い海で分断されているらしい。

　上界は高い台地の上にあって、そこには個体数が少なくなった雌の竜と、脆弱さゆえに守られるべき人間が、竜人たちによって保護されている。

　下界は上界以外の、台地のふもとから続く平野部のことで、広大な平原に竜人の集落がぽつぽつと点在しているようだ。

　この洞窟の集落もその一つで、元は身寄りがなかったり、病気や怪我で弱ってしまった個体が身を寄せ合って死を待つだけの、吹き溜まりのような場所だったそうだ。

　でもあるときマリウスがやってきて、皆を助けたり、保護した竜人の面倒を見るようになり、やがて彼を長とした一つの集落にまとまっていったのだという。

（俺もここでなら、落ち着いて過ごせそうだ）

　詳しい事情はわからないが、マリウスは元々は上界の住人だったらしい。

　作物の育て方や衛生状態をよくする方法を知っていたため、環境の厳しい下界の中の「死の海」に近いこの場所でも、皆で協力し合えばなんとか暮らしていけるようになったという話だ。圭を追いかけてきた竜人たちは「邪竜の洞窟」などと言って怖がっていたが、住人にとっては、楽園とは言えないまでも、よき住処だろう。

それに、ここで暮らす住人たちはみな善良で優しい竜人ばかりだ。

圭に興味は抱いているようだが、どこから来たのかも、どういう経緯で竜卵を抱くことになったのかも、誰一人詮索しようとはしなかった。番の相手がどうなっているのか、その辺りもあまり気にしていないようで、ただ温かく見守ってくれるつもりのようだった。

（番、か……）

もうすぐ月の出だが、正直なところ、まだマリウスに抱かれる心の準備ができていない。夕方、水浴びをさせてもらったときに、腹にできた例の紫の紋様を眺めながらマリウスとの交合を想像してみたが、どうしても途中で思考がフリーズしてしまって、それ以上考えることができなかった。

心の準備ができたところで、その段になってやっぱり無理だと思うかもしれない。嫌悪か恐怖に囚われて暴れたりする可能性もある。

ただ、そもそも圭はそれほど性欲が強いほうではない。欲情の程度によっては、我慢できないこともないのでは。精神力で抑えて、その間に別の方法を考えればいいのではないか。そんなふうにも、思ったりするのだけれど。

「……少し、明かりを落としておこうか」

寝室に戻ったところでマリウスが言って、部屋を照らす二つのランプのうちの片方の火を消す。

洞窟の中にはいたるところにランプがあり、少し青みがかった火が灯っている。

換気や火事の心配はないのかと気になったが、こちらの世界のランプの炎は圭の知っている物理法則とは違う原理で灯っているようで、厨房で使っているかまどの火のように熱くもなく、燃え広がることもないらしい。

どうやらレシディアに満ちている「竜脈」というエネルギーが関係しているらしいのだが、ここ下界はその流れが弱いせいで、上界よりも原始的な生活様式で暮らしているのだ、と昼間マリウスに教えてもらった。

毒素で満ちた海が近いところといい、なかなかに厳しい生活環境のようではある。

「さて、そろそろだな。まだ決心はつかないか？」

「……つかないだろ、普通。そんな簡単に」

「そうか。まあ、俺はおまえの意思を尊重するよ。瘴気に煽られても、おまえがそうしてくれと言うまでは手を出さないと約束しよう」

マリウスが請け合うみたいに言って、圭にベッドに座るよう促す。

そう言ってくれるのはとてもありがたいが、本当に意思の力でなんとかなるものなのだろうかと、改めて不安になる。広いベッドの隅におずおずと腰かけると、マリウスが部屋の明かり取りの窓の下に立って、上を見上げた。

ややあって、マリウスが静かに告げた。

「……来たぞ。月の出だ」

「……っ！」

ぞくっ、と体が震えたと思ったら、下腹部が熱くなり始め、ドクンドクンと妖しく脈動し出した。

恐る恐る衣服をめくると、紋様が昨日と同じように明滅していた。

（いや、昨日よりも、光ってる……！）

体の芯のほうが熱を帯びていく感覚。徐々に鼓動が速くなって、息も揺れていく。

マリウスがこちらを見つめ、気遣うように言う。

「瘴気が強くなっているな。苦しくないか？」

「……苦しくは、ない、けど……！」

ぞわぞわと、性的な欲望が募ってくる。

まるで身の内から誰かに触れられ、全身をエロティックにまさぐられているみたいだ。

何か五感に刺激を受けたわけでもないのに、体にはしっとりと淫蕩の汗がにじんでくる。

触れられもせぬままに自身が頭をもたげ始めるのを感じ、呻きそうになった。

誰かに触れたい、触れられたい、気持ちのいい場所を擦り立て合って達き果てたい。

そんな直截な欲情に意識を支配され始め、視界がピンクに歪む。

「くっ……、こんな、ことでっ……」

劣情を抑えようと、ぐっと拳を握り締める。

性欲は男の本能だと、そう言われて肯定されることが多いが、圭からすればそれは自制ができない人間の言いわけで、むしろ男であればこそ、下劣な欲望をコントロールして理性で己を律するべきなのだ。

そしてそれは圭にとって、男としての最低限の矜持だ。

それなのに今、圭はどうしようもないほど昂ぶり、淫らな願望で体中が疼いている。

腹の中がジクジクとしてきて、局部にジュッと血流が流れ込んでくるのがわかる。

思わず自身をぐっと手で押さえたが、劣情で息が震える。他人の前なのに恥ずかしく自慰に耽りたいとまで思えてきたから、圭は両肢を抱え込んで喘いだ。

「あぁっ、う、う！」

「ふう……、きつい瘴気だな。クラクラくる。やはり昨日よりも、強いな」

マリウスが眉根を寄せて言う。紋様が明滅するたび、微かに甘ったるい匂いがするから、もしかしたらそれがフェロモンのようになって、彼を煽っているのかもしれない。

それでもマリウスは自制している。それならこちらも精神力で己が欲望を抑え、どうにかやりすごしたい。

そう思うのに。

「う、うっ、はぁ、あっ」

抱えた肢の間で圭の男性の証はどんどん硬くなって、欲望を主張してくる。こらえようとすればするほど息が弾み、喉から潤んだ声が洩れそうだ。

けれど、熱くなっているのはどうやら前だけではないみたいだ。

圭の後孔やその奥、腹の底の辺りにも、何か得体のしれない熱と蠢動が感じられ、身悶えしそうになる。

「ひ、ぐ……、ぁあ、あ……！」

圭の後ろが、ひとりでにヒクヒクと震える。

そこを開いて雄を繋ぎ、中を思い切り擦り立ててほしい。腹の中で妖しく疼いている場所をどうにかして慰め、快感で爆ぜさせて熱液を噴き出させてほしい。

初めて感じたそんな欲望に、全身がガタガタと震える。

この体はもう、竜卵に「母体」として変えられてしまったのか。そういう指向はまるでなかったのに、自分はもはや、男でありながら男に抱かれることを欲し、悦びを求める体に変成してしまったのか。

(怖い……、こんな、俺は一体、どうなってっ……！)

劣情を律することができない自分が浅ましく思え、まなじりが涙で濡れてくる。情緒が不安定になって心を掻(か)き乱され、思わず叫んでしまう。

「あ、ぐうッ……！　ああっ、嫌、だっ、こんなの、ぃ、やだぁっ！」

「ケイ、落ち着け」

「こ、なっ、俺、じゃなっ……！」

自分の体なのに、体内の何ものかにじわじわと侵食され、食い尽くされていく。

おぞましい感覚が意識に一気に這(は)い登ってきて、正気を失いそうになる。

竜という異生物の卵の意思に身を支配され、自己抑制のたがが外れそうになっているなんて、ただただ恐ろしくてたまらない。わけのわからない状況に投げ込まれてもどうにか保っていた正気の糸が、今にもプチリと切れて、精神が瓦解(がかい)してしまいそうで……。

「ケイ、恐れるな。竜卵を抱いていようと、おまえはおまえだ」

「ッ？」

「発情でどんなに乱れても、おまえの中を流れる竜脈、そしてまだ弱いが確かにあるはずの竜の竜脈が、必ずおまえを守ってくれる。だから、何も恐れなくていい」

マリウスが力強く言って、こちらにやってきてベッドの脇に屈む。

衣服から覗く彼の胸元が、圭の目に映る。

「……マリ、ウスっ……」

力強い筋肉で盛り上がった胸元の、艶(つや)やかな褐色の肌。腕や肩を覆うつるりとした透明な鱗。

そしてそこに浮かぶ、まるで刺青のような紫がかった黒い模様。

一瞬、目がくらみそうなほどに、その体に欲情した。

彼に犯されたい。たくましい体に組み伏せられ、腹の奥までガツガツと生殖器を突き立てられて喘がされたい。

あまりにもストレートすぎる欲望に、気が遠くなる。

竜卵と月の出とに強制された発情の前で、男の矜持などというものは打ち砕かれ、どこかに吹き飛んでしまったみたいだ。

「マリウス、はぁ、あ、マリ、ウス、俺、お、れをっ――――！」

激しすぎる熱望に、思わずみっともなく取りすがって、どうか犯してくれ、めちゃくちゃにしてくれと、恥ずかしく哀願しそうになったけれど。

（マリウスは、助けてくれようとしてるんだ。俺だけじゃなく、腹の中の竜のことも）

彼が今、少しの邪念もなく圭に手を差し伸べてくれていること。

この世界の理（ことわり）はわからなくても、それだけは確かにわかる。

彼がこの集落の長にと推されたのは、彼が厳しい下界で力の弱い子供や高齢の竜人を助け、この洞窟に連れ帰って手厚く保護してきたからだと、先ほど住人たちに聞いた。

それはまったくの善意であり、万物を慈しもうとする彼の心の優しさや清らかさの現れにほかならないだろう。

向き合う彼の体もどこまでも力強く、揺るがぬ心が垣間(かいま)見えるかのようだ。

こんなにも雄々しい男、しかも異種族と交わるなんて、想像すらも及ばないことだったが、今の圭はどうしようもなく発情している。腹の底で息づく竜卵がさせていることとはいえ、自分は今、確かに彼の手を取りたがっている。

マリウスの善意に、ただすがりたい。そうしてもいい、自分を求めていいと言ってくれているマリウスに、己を委(ゆだ)ねてしまいたい。

なんだかだんだん、そう思えてくる。

「……頼む……、してくれ、マリウスっ」

激しい欲情でグラグラとめまいを覚えながらも、圭はなんとか声を乱さず己が意思を告げた。

「俺を、助けてくれ。どうか俺の、番にっ……、うぅっ、はっ……」

もう体を起こしているのもつらくなって、ドッとベッドに倒れ込む。

腹の底がジクジクと疼き、自身が切なく張り詰め屹立(きつりつ)した、圭の体。

熱に浮かされたみたいにシーツの上で悶えていると、マリウスがいたわるような目で圭の顔を見つめて、安心させるように言った。

「わかった。俺がおまえの番になろう」

「マリ、ウス」

「言うまでもないが、おまえが俺に抱かれるのは、あくまで元の世界に戻るためだ。何も気に病むことはない。おまえはただ、流れに身を任せていればそれでいい」

マリウスが優しく諭すみたいに言って、それから悪戯っぽく微笑む。

「こう見えて、俺も若い頃はいろいろな経験をした。安心して任せてくれ」

竜人の年齢はよくわからないが、少女にしか見えなかったユタが見た目プラス三百歳という年齢だったからには、マリウスもそれなりに歳を重ねているのかもしれない。

とすれば、男を抱いた経験も――――?

「脱がせるぞ」

手早く上半身の衣服を緩めたマリウスが言って、鉤爪の手で圭の衣服を器用に脱がせてくる。

圭が今着ているのは、水浴びのあとに貸してもらった竜人の服だ。

上はチュニックのような形で、背中に翼のためのスリットが入っており、腹のところでゆったりと紐で結ぶようになっている。多くの竜人は尾もあるから、動きの邪魔にならぬよう下は腰布のようなものを巻くだけだ。

圭の上だけを脱がせ、腹で明滅する紫の紋様を眺めて、マリウスが言う。

「ふむ……、『淫紋』とは、よく言ったものだな」

「いん、もん？」

「この紋様の俗称だ。月夜に輝いて巫女を発情させ、竜人の欲情を煽るのだから、いかにも妖しく淫猥（いんわい）だろう？」

「確、かに」

「だが理にかなったやり方ではある。雄の竜人はこの明滅と瘴気とに、どうしようもなく欲情させられるのだからな」

「……っあ……！」

マリウスが紋様――淫紋にチュッと口づけてきたから、思わず声を洩らした。

マリウスを含め、竜人は人間よりもいくらか体温が低いらしく、ヒヤリと冷たい。でも人間の口唇と同じように柔らかく、触れられるとドキリとして、腹の底がキュッとなった。

圭自身もビクンと跳ねたのが、腰布越しにもわかる。

「とても敏感になっているようだな、ケイの体は」

「みたい、だな」

「なるべく慎重に進めたいが、あまり長く時間をかけると、体力を消耗してしまうかもしれないな」

マリウスが思案げに言って、優しく告げる。

「顔を突き合わせてというのも気詰まりだろう。うつ伏せになって腰を上げてくれるか」

「……わ、わかった」

言われるままベッドの上で身を翻し、膝をついて腰を上げる。

腰布をまくり上げられ、後ろをむき出しにされて、かあっと頭が熱くなった。

無防備に後孔をさらすのは、相手が誰であれ恥ずかしい。でも確かに向き合ってとなると、気詰まりどころではなさそうだ。顔を覗き込まれたくなくてシーツに埋めると、マリウスが両手を圭の双丘に添え、短く告げてきた。

「馴(な)らしていくぞ」

「ぅ、ん……、ぁ、あっ？　ちょ、待っ！　何、してっ……！」

ベッドの端に座ったまま、マリウスが圭のむき出しの狭間(はざま)に頭を寄せて、舌で後孔を舐り始めたから、驚いて声が上ずった。

男同士のセックスにそこを使うことは知っていたし、ちゃんと準備をしないと怪我をするだろう、というのもなんとなくはわかっていたが、そうやって「馴らす」とは思いもしなかった。羞恥(しゅうち)といたたまれなさで、早くも泣きそうになるけれど――。

「ん、ふっ、ぁ、あ」

ひんやりとした舌でそこを舐められると、どうしてかおかしなふうに声が洩れた。

ザラリとした舌が唾液(だえき)を含んでぬるりとかすめるたび、知らず尻がびくんと跳ねる。

なだめるみたいに手で撫(な)でられたら、それだけでざわりと肌が粟立(あわだ)って、淫紋の奥がジクジクと疼き出した。一体、どうなって……？

「ほんの少しだけ、ほころんできたな。こうされても、不快ではないな？」

「そ、な、こと、はっ、でもっ、ぁ、あっ」

柔襞(やわひだ)をまくるみたいに舐められて、ますます声が揺れ、腰がうねってしまう。

ため息交じりの声が洩れてしまうその感覚が、一体なんなのか。

正直、認めたくないと思った。だが腰布の前の辺りに徐々に湿った感触が広がってきたので、じきに否定しようもなくなってくる。

マリウスに後孔を舐められて、圭は感じ始めているようだ。

「あっ、あ、マリ、ウスっ、んく、ううっ！」

そこがこんなにも感じる場所だなんて、まさか想像もしていなかった。

触れられもせぬままに欲望はひとりでに透明液で濡れそぼち、舌がわずかに動くだけで背筋にビンビンと快感が走る。

微かにほころんだ窄まりを舌先でズチッと穿(うが)たれ、押し開かれて中まで舐め回されても、不快感などはなかった。むしろ腹の底のほうがグツグツと滾(たぎ)ってきて、貪欲(どんよく)に快感を求め始める。自身もはち切れそうになって、達きたくてたまらなくなってきた。

思わず我を忘れて下腹部に手を伸ばし、自ら滴らせたもので濡れた自身に指を絡め、ぐいぐいと扱(しご)き上げる。

「はあっ、ああ、ふう、うっ！」

体が感じやすくなっているのか、そこに触れるとめまいがするほど気持ちよかった。誰かの前で自慰をするなんてどうかしてると思うのに、手を止めることができない。

けれどマリウスは特に動じることなく、股の間から手を差し入れて、圭の手ごとつかんで動きを支えるようにしてきた。そうしながら、後ろを舐る舌の動きも深めていく。

「あぅっ、あっ、ああ、ああっ」

肉筒に舌を沈められ、ぬちぬちと音を立てて抜き差しされながら、前を自らの手でリズミカルに扱く。

信じがたいほど淫靡な、破廉恥ですらある行為だが、発情した圭の体は、悦びにどこまでも素直らしい。夢中で手を動かしているうち、理性などどこかへ吹き飛んでしまった。

あとは男の生理の欲するままに、一気に頂へと駆け上っていくばかりだ。腹の底に馴染みのある熱が、ざわざわと集まってきて――。

「うぅっ、ふうっ！　ぃ、くっ、あぁ、達っ……！」

息を詰め、動きを止めた次の瞬間。圭の手の中に生ぬるい白濁がドッと吐き出された。それはサラサラとこぼれて、マリウスの鉤爪の手をも濡らしていく。

漂う青い匂いに、顔を顰めてしまう。

(何、やってるんだ、俺っ……！)

射精の恍惚(こうこつ)に身を震わせながらも、羞恥でめまいを覚える。

彼との行為は、こんなふうに快感を得るために始めたことではなかったはずなのに……。

「……これがおまえの胤(たね)か。温かいのだな、やはり」

マリウスがつぶやき、スッと手を離す。

「少しだけ、苦いな？」

「っ？」

「だが獣臭さはない。人間の精液は、こんな味なのか」

「なっ？　マリウス、なんだってそんなもの……！」

首を捻って振り返ると、圭の白濁で汚れた手をマリウスが舌で舐っていたから、驚いて叫んだ。マリウスが笑みを見せて言う。

「かりそめとはいえ、番になるのだ。おまえの蜜液を味わいたいと思うのは、何もおかしなことではないだろう？」

「そ、なのか？」

正直なところ、性的な経験はあれどさほどのめり込んだことはないので、涼しい顔でそう言われてもピンとこなかった。まして竜人の常識などわからないから、マリウスがそういうものだと言うならそうなのだろうと思うしかない。

射精で濁った頭が冷めていくのを感じながら、ぼんやりそう思っていると。

「……！」

マリウスが衣服をすべて脱ぎ捨て、ミシリとベッドに乗り上げてきたから、ビクリと体が震えた。

薄明かりに浮かぶ、鋼のような体。

腰や肢は上半身よりも鱗に覆われている部分が多く、太く長い尾の鱗は、よく見ると途中から艶やかな青へと変化している。たたまれた片翼もとても大きく、もうまったく人間とは異なる外見だ。

元々、竜人そのものが圭には見慣れぬ姿かたちであったから、最初はわからなかったが、マリウスの体は集落のほかのどんな竜人も及ばぬほど、力強く美しかった。

だが、こうして見てみるとそれだけでなく、彼はどこか少し異質な存在のようにも思える。ほかの竜人たちよりもかなり大きい体軀や、片翼であることを除いても、何かまとう雰囲気が違うのだ。

異形、という言葉が近いように思うが、紫がかった黒い模様がそう感じさせるのか。それとも、ここの外の竜人たちに「邪竜」などと呼ばれていたのを耳にしたせいか。

（あッ……）

つるりとした鱗に覆われた、マリウスの下腹部。

そこにあるスリットのような部分から、鋭く屹立した剛直がそそり立っている。

それは人間のものに似ていたが、だからといって気持ち的にすんなりと受け入れられるわけではない。これから男に抱かれるのだと思うと、おののきで震えてくる。

（怖い……、あんなの、怖すぎる……！）

やはり、これ以上は無理だ。自慰でなんとかなるのなら、マリウスの手を煩わすことなく自分で処理すればいい。すっかり怖気づいて、そう言おうとした瞬間。

「……ぁ、ううっ！　あ、あっ、また……！」

絶頂のあと、いくらかおさまっていた腹の淫紋の明滅がまた始まり、腹の奥が熱く疼き始めたから、頭をシーツに擦りつけて唸った。

一度射精をすれば、普通ならいったんは体も冷めていくのに、逆にそれをきっかけにしたみたいに、また体が昂ぶってくる。

竜人の雄の子種を体に注がれるまで、この発情は終わらない。

妖しく光る淫紋にまざまざとそれを知らしめられ、泣きそうになる。

マリウスが指の関節の背でそっと後孔に触れ、確認するように告げる。

「後ろはもう十分に解けている。繋がることはできそうだが、どうする？」

「……っ」

「むろん、無理にとは言わない。まだ時間が必要だというなら……」

「……いや、してくれっ」

「いいのか？」

「ああ、いいっ。この疼きを、どうにかしてくれっ」

恐怖心を必死で抑えながら答えると、マリウスはそれ以上訊ねてはこなかった。

代わりに圭の背後に膝をついて腰を引き寄せる。そして圭のまとっている腰布の紐をほどいて、はらりと体から剝ぎ取った。

熟れた後孔に部屋の空気が触れる感覚に、また肌が粟立つ。

「おまえの中に、入るぞ」

「……っ、ぁ、ああ、アッ――――」

ぐにゅり、と肉襞が押し開かれ、彼の肉杭の先端が圭の後ろに繋がれる。

マリウスの雄の、凶暴なまでのボリューム。異物感を強く感じて、脂汗が浮かんでくる。

ぐっと貫き通され、そのまま腰を使って中を突かれて、内壁がメリメリと音を立てそうだ。

こんなにもきつくては、中を裂かれてしまうのではないか。

「ケイ、もう少し、体の力を抜いたほうがいい」

圭の不安を察したように、マリウスが背後から声をかけてくる。

でも、どうすればそうできるのかがわからない。

うつ伏せになって腰だけ上げた格好で、後ろから男根を挿入されるような事態に陥るなんて、まさか夢にも思わなかったから、体勢を維持するだけで精一杯だ。

それに気づいたのか、マリウスが圭の腰を両手で支え直して言う。

「難しいか？　後孔から、少しでも気を逸らせるといいのだが。もう一度おまえの手で、前を慰めてみてくれないか？」

「ん、で、でもっ」

「できるなら俺の手でそうしてやりたいところだが、この手では、おまえの繊細な部分を傷つけてしまうかもしれないからな」

「……あ……」

（そう、か）

マリウスの鉤爪の手は、体を支える程度なら可能でも、傷つきやすい場所に直に触れることはできないのだと、言われて初めて気づいた。もしかして後ろを馴らすのに舌を使ったのも、手を使うと圭に怪我をさせかねないから――？

「……じゃあ、さっきみたいに、しててくれ。俺の手の上から、こう……」

また独りで突っ走るみたいに達してしまうのも嫌だったから、マリウスの手を導きながら己に触れると、彼の手が圭の手を包んだ。

圭が手を動かし出すと、マリウスが合わせるように動かしながら、また雄を沈めてきた。

「んっ、ん、ぁあ、あ……！」

太く大きな肉茎が、圭の内腔をミシミシと擦り上げる。

前を慰める刺激でいくらか気を散らすことができても、自分の体に他者が侵入してくる感覚に慣れるまでには、時間がかかりそうだ。一体どのくらいの交合を経たら、竜が孵るものなのだろう。

「……あぁ、熱いな。まるでおまえの中で、命が燃えているみたいだ」

ややあってマリウスが動きを止め、どこかうっとりとした声でつぶやいた。

双丘にひんやりとしたマリウスの鱗の感触があるところを見ると、どうやら彼自身は、もうすべて圭の体内にあるようだ。先ほどのあれが腹の中にあるのかと思うと戦慄しそうになる。

「おまえと繋がるだけで、俺の体に竜脈が満ちてくる。これが竜の、そして巫女の、力なのか……」

マリウスが背後でほう、と深く息を吐いて、気遣うような口調で告げる。

「動いていくぞ。体の力を抜いていろ」

「ん、ん……、ぁ、ううっ、う……！」

ズクリ、ズクリと、マリウスが圭の中で動き始める。

少しだけ中が馴染んだのか、もう痛みなどはないが、圧入感の凄まじさで胃がせり上がりそうだ。引き抜かれ、嵌め戻されるたび、体を侵食されている恐怖で意識が揺さぶられる。前に触れて気を逸らそうにも、後ろに突き立てられる肉棒のしたたかなボリュームと重みとが、淡い快感を切り裂くように蹴散らしていく。

「う、くっ、ぁあ、マリ、ウス！」

これ以上こんなことを続けられたら、壊れてしまう。体が本能的にそう感じるのか、全身の毛孔から冷たい汗が噴き出す。意識が朦朧（もうろう）として、わけがわからなくなりそうだ。

やっぱり無理だ。どうか今すぐにやめてほしい。

そう叫びそうになった、その刹那。

「――――っあ、ああっ！　ふ、ぅうっ！」

不意に淫紋がかあっと熱くなり、明滅に合わせてジン、ジンと脈打つように痺れ出したと思ったら、肉筒の襞がキュウキュウとマリウスに吸いつき始めたから、知らず声のトーンが上がった。

圭の中も甘く潤み、それがちょうど潤滑油のようになって、マリウスを柔軟に受け止め始めたみたいだ。マリウスが行き来するタイミングに合わせて肉襞が追いすがるようににゅるりと絡みつき、内壁全体が奥へと咥（くわ）え込むようにヒクヒクと蠢動する。

まるで圭の中の竜卵が自らマリウスを求め始め、それに圭の体が応えているかのようだ。

「おまえの中が、反応してきた。もう苦しくはないか、ケイ？」

「んンっ、平気、だけ、どっ……、んぁっ、ああっ、はぁあっ！」

マリウスに腰を抱え直され、繋がる角度が変わった途端、圭の背筋を電流のような痺れがビリッと駆け上がりだした。

抽挿のたび、上体がびくんと大きく跳ねるほどの刺激。一瞬まさかと思ったが、それは強い快感だった。今まで感じたこともないほどの悦びに、濡れた声が洩れる。

マリウスがウッと息を詰めるように小さく唸り、微かに揺れる声で言う。

「熱くなってきたぞ。ここをこうすると、いいのか？」

「あぁっ！　ん、ふっ、ううっ、ぁあっ、ああっ！」

ひどく感じる場所を探り当てられ、切っ先でぐいぐいと抉られて、視界が歪むほど感じさせられる。

体内にそんなにも敏感な場所があるなんて、まさか思いもしなかった。挿入の衝撃で萎縮していた圭自身もまたキリキリと張り詰めて、揺さぶられるたび勢いよくビンビンと跳ねる。先端からはたらたらと透明液が滴り出し、ほどなくうっすらと濁りすら帯びてきた。

自分の目で確かにそれを見ているのに、まだ信じられない。異種族の猛る男根で後孔を攻め立てられて、悦びを覚えているなんて……！

「ああ、おまえが吸いつく。俺を引き絞って、奥へと導いていくようだっ」

背後から落ちるマリウスの声にも、劣情の色がにじむ。

彼もまたこの行為で快感を得始めているようで、圭を突き上げるピッチが徐々に早くなり、動きも大胆になってきた。肉杭も嵩を増してきたのか、最奥まで届いてガツガツと貫かれ始める。

「く、うっ！　ああっ、マリ、ウスッ！」

「すまないっ、つらいか？」

「つら、くはっ！　でも、なんかっ、ヘンな、感じがっ……！」

　胃がせり上がりそうなほどの質量にヒヤリとするけれど、最奥にもいい場所があるようで、大きく張り出した先端部でグプグプと擦られて、知らず腰が跳ねる。

　腹の底がキュウッと収斂していく感覚も襲ってきて、再びの放埓の予兆にうろたえてしまう。もしや、後ろだけで達きそうになっているのか。

「ああ、んンっ、ぅうう」

「中がうねってきたぞ。気をやりそうなのか、ケイ？」

「はっ、ぁあ、わか、らなっ！」

「俺も終わりが近い。このまま、出すぞっ」

「はああっ、ああっ、ああああっ」

　大きく力強く、まるで欲望の形を刻みつけるみたいに、マリウスが圭の内腔を擦り立ててくる。今や圭の後ろは、まるで最初から男と結び合うための交接器官だったかのように柔軟だ。

　いっぱいまで押し広げられた内襞は熟れたみたいになって、媚肉はトロトロと柔らかく潤んでいる。自分でもわかるほどに熱くなって、マリウスを放すまいと絡みついていく。

やがて圭の内壁に、水が溢れてこぼれ出すみたいに甘いさざ波が広がり始めて――――。

「はぁ、ああっ！　達、きそっ、達、くっ、ぁあ、あっ……！」

一瞬ブラックアウトしかかったあと、ドンと高みへ飛ばされるように、圭の全身を悦びの波が駆け抜ける。

前を擦って達するそれとは比べ物にならないくらい、鮮烈な快感。

頭の先からつま先まで痺れて、浮遊しているみたいに感じられる。腰を支える膝がガクガクと震え、自身からは押し出したみたいにトロトロと白蜜が溢れてくる。

窄まりがキュウキュウと収縮し、意地汚くマリウスを食い締めるのを感じていると、背後でマリウスが、ウッと小さく唸った。

「……ケイ、俺も、もうっ……。どうか俺を、受け止めてくれ……！」

マリウスがどこか祈りにも似た声で言って、圭の双丘に下腹部を押しつけ、動きを止めて身を震わせる。圭の腹の奥で、何かがドッと爆ぜる。

「……ぁ、ああっ……！」

腹の底に広がるぬるい感触。

マリウスが中で男精を放ったのが、はっきりと感じられる。異種族の男に男根を挿入されたばかりか、中で射精までされたのだとリアルに実感して、震えそうになるけれど。

「っ、ぁ……？」

ジンジンと熱かった腹が、スーッと楽になったから、驚いて覗き込むと、圭の下腹に浮かぶ淫紋がゆっくりと明滅を止めるところだった。

そうしてその色が、徐々に紫から赤へと変化していく。マリウスもそれを確認して、安堵したみたいに言う。

「……よかった。どうやら、認められたようだな」

「認め、るって……？」

「おまえの番として、俺は合格らしい」

マリウスがふう、とため息をついて、嬉しそうに微笑む。

「いやぁ、よかった！　ホッとしたよ！」

「ホッとって……、え？　もしかして、不合格だった可能性もあるのかっ？」

「実を言うと、そうなんだ。巫女と同じように、竜人も竜卵に選ばれる。認められなければ番にはなれない」

「……そう、だったのか……」

今さらながらそう知らされるとちょっと恐ろしい。竜卵が認めるまで何人も試し続けなければならなかったりしたら、さすがに心が保たなかっただろう。

マリウスが背後から圭の体を抱いて、小さく息を吐いて言う。

「ともかくも、これでおまえと番になれた。無事に竜が孵るまではもちろん、旅立ちのときまで、俺がおまえを守ろう」

穏やかだが確かな想いが感じられる、マリウスの声音。

圭は束の間の安寧を覚えながら、黙って目を閉じた。


「う、ん……？」

遠くから聞こえてくる、子供がキャッキャとはしゃぐみたいな声で、圭は目を覚ました。

寝室のベッドの上。明かり取りの窓からは外の光が差し込んでいる。

何がどうなっていたのだったか、一瞬思い出せなかったが。

「……あ。赤く、なってる……」

腹にある例の淫紋が、紫から赤に変わっているのに気づいた途端、昨日の記憶が甦った。

マリウスに抱かれて、圭は彼と番になった。赤い淫紋は特定の番がいるという印で、こうなっていれば発情してもほかの竜人を寄せつけなくなるらしい。

月の出ごと（月の出が日のある時間に起こる時期は、日の入りから月の入りの間）の発情は続くようだが、ともかくも竜が孵る道筋はできたということで、それだけでもいくらか気が楽になった。

元いた世界への扉が開く「白い月の夜明け」が次に来るのがいつなのか、マリウスがこちらの暦で調べてくれるそうだから、竜を腹から出せば本当に帰れるのだろう。

マリウスとの交合も、回数を重ねればきっと慣れてくるのではないか――――。

『待つんだ！　水浴びがすんだら、きちんと体を拭わなければだめだぞ！』

部屋の外から、マリウスの声が聞こえてくる。キャアキャアと声がするところを見ると、子供の竜人たちに水浴びをさせているのかもしれない。

『こら、ルカ！　そっちへ行っちゃいけない。ケイはまだ寝ているんだ！』

「……お？」

パタパタと足音が近づいてきたと思ったら、寝室の入り口から、素っ裸の小さな竜人の子供――ルカが現れた。圭が目覚めているのに気づいて、あ、という顔をする。

ルカとは昨日少し一緒に遊んで、俊敏で元気いっぱいな子だと知っている。追いかけ回して捕まえようとしても、なかなか難しいだろう。圭は少し考えて言った。

「おはよう、ルカ。こっちに隠れるか？」

ベッドの上に起き上がってそう言うと、ルカが目を輝かせて駆けてくる。ベッドの裏に誘い込んでやったところで、上半身裸のマリウスが、手拭い片手に入り口から顔を出した。

「……やあ、ケイ。起きていたのか。おはよう」

「おはよう、マリウス」

「よく眠れたようだな。今、こっちにルカがこなかったか？」

「ルカ？　どうかしたのか？」

「水浴びをさせていたんだが、拭くのを面倒がって、脱走を……」

言いかけたところで、マリウスが床に点々と続く小さな足跡を見つけ、目でたどり出す。

圭は指をそっと口に当ててから、そ知らぬ声で言った。

「さあ、見てないな。ところでマリウス、今日の朝食はなんだ？」

「ん？　おまえには干し肉とパンと、トウモロコシのスープかな」

「チビッ子たちには？」

「ほぼ同じだが、おまえ向きではない食材も入っている」

「そうかぁ。そんな美味そうな朝食なのに、脱走したってことは……、ルカはもしかしたら、腹が減っていないのかもしれないな？」

「……えっ、そんなことないよぉ！」

朝食にありつけないかもしれないと不安になったのか、ルカがベッドの裏からぴょこっと飛び出してくる。すかさずマリウスが手拭いでくるみ、ごしごしと体を拭きながら言う。

「助かったよ、ケイ。ほらルカ、拭いたほうが気持ちがいいだろう？」

「ひゃぁ！　くすぐったいよぅ、マリウスゥ！」

「翼や鱗はいつも適度に乾燥させておかないと、具合が悪くなるぞ？」

「へえ、そうなのか？　竜人は見るからに丈夫そうなのに、ちょっと意外だな」

竜人の生態も何もわからないままこの世界に来たので、そういう話には興味がある。

マリウスが頷いて言う。

「下界の水にはどうしても微量の『死の海』の毒が混ざる。竜人の翼や鱗にはそれが残りやすくて、濡れたままにしていると病気になったりすることもある。上界の水は清潔なんだがな。よし、拭けたぞルカ。食堂でみんなの手伝いをしてくれるか？」

「はぁーい！」

まだ生乾きのぽわぽわの頭髪を揺らしながら、ルカが走っていく。

それを見送るマリウスの顔は、穏やかで優しい。ここにいるみんなのことを、マリウスは気遣い、大切に思っているみたいだ。

（……あ……）

何気なくマリウスの裸の背中に視線を向けて、圭はハッと目を見開いた。

彼には左側の翼だけしかないのは知っていたが、背中の右側のちょうど対称になっている場所には、少し肉が盛り上がったような赤黒い裂け目があった。表面に微かなテカリがあり、ちょうど生傷の上で固まりかけた血糊（ちのり）のようになっている。

何やら、見るからに痛々しいが……。

「気になるか、これが？」

「あっ！　す、すまない、不躾に見たりして！」

「いや、謝ることはないさ。みんな知っていることだからな」

マリウスが言って、よく見えるように右の背中をこちらに向ける。

「俺には元々、右の翼もあったんだ。でもこの洞窟に住みつく少し前、もう二百年くらい前になるかな。わけあって切り離された。根元から、スパッとな」

「でも、傷がまだ濡れてるぞ？」

「ずっと開いたままなんだよ、この傷は。右翼が上界の『原初の泉』という場所に保管されていて、俺が死ぬまで朽ちることがないからな。翼が俺の背中に戻りたがっている限り、この傷も癒えないってわけさ」

（戻りたがってる、って……、不死身の体かよ）

体の一部が切れても朽ちずに「生きている」なんて、ちょっとホラー映画の世界みたいだ。マリウスが困ったような顔をする。

「竜人の体は変に強靭にできているんだよ。竜と人間、二つの種族の血を引いているから、いくらかいびつにできているのかもしれない。存外難儀なものさ」

そう言ってマリウスが、くるりと身を翻す。

「さて、そろそろ起きてくれるか？　みんなと一緒に朝食にしよう」

「ああ、そうだな。すぐに行……、ぅわっ……？」

「おっと……！」

ベッドから下りようとしたら、腰にズンと甘苦しい痛みが走ってよろけてしまった。

マリウスが力強い腕で支えてくれなければ、ベッドから落ちていたかもしれない。

「大丈夫か、ケイ？　もしかして、昨日のせいじゃ……？」

「へ、平気だ！　寝起きでぼーっとしてたせいだよ！」

とっさにそう言って、なんとか自力で立ち上がってみたけれど、腰だけでなく腹の奥もなんだかだるくて、ズンと重い感じだ。

これは明らかに、マリウスに抱かれたせいだ。セックスしたせいで腰痛になるなんて、なんだかちょっとばかりバツが悪いのだが……。

「……わっ？　ちょ、おい！　何をっ」

マリウスがいきなり圭の体をひょいと横抱きにして、そのまま入り口のほうへと歩き出したから慌ててしまう。マリウスが同情するような目をして言う。

「昨日の行為のせいで、体がつらいんだろう？　食堂まで運んでやる」

「いや、いいって、自分で行けるから！　下ろしてくれ！」

体の大きさの違いもあって、横抱きにされている姿はどう見ても「お姫様抱っこ」だ。

結婚初夜が明けた朝の花嫁でもあるまいし、曲がりなりにも男としては、なんだかとても恥ずかしい。

　でもそんな圭の心情には思い至らないのか、マリウスが笑顔でなだめる。

「まああ。おまえは巫女なんだから、無理は禁物だ。まず第一に体をいたわらなくては。何しろこれから毎晩、番の俺と愛し合うのだからな」

「あ、愛し、合うってっ……！　あんたなぁ！」

　竜卵を孵すための便宜的な行為なのに、そんなふうに言われると頬が熱くなる。雄に抱かれ、番にまでなったとはいえ、あくまで自分は男だ。人間の世界に帰ってからここでのことを思い出して、恥ずかしさで悶絶したりはしたくはない。

　圭は自分に言い聞かせるみたいに告げた。

「言っとくが、俺は男だからな！」

「？　もちろん知っているぞ？」

「巫女だけどっ……、子供孕んでるようなもんだけど、ちゃんと男だぞっ？」

「はいはい、わかったよ。おまえは強い雄だ。その勢いで朝食もモリモリ食べてくれ」

　マリウスが笑って受け流す。

　とにかく、一日も早く竜を孵さなくては。そして元の世界に帰るのだ。

　マリウスに軽々と運ばれていきながら、圭はそう思っていた。

◆　◆　◆

――竜と竜人と人間の世界、レシディア。

元々この世界は、悠久の時を生きて強い魔力を身に着けた竜の「王」たちが支配する世界だったが、この世界にやってきた人間との間に竜人という新たな種族が生まれ、やがて三種族が共存し始めた。

しかし、その後の環境の変化により、竜人と人間との番によって雌の竜を孵化させる、新たな竜の繁殖形態が広がり、それによって一部の竜人の一族が特権化した。

彼らは個体数の減った雌の竜と人間を環境のいい「上界」に保護し、適性のある人間を「巫女」として一定期間竜宮に住まわせ、竜の繁殖の管理をするようになったのだ。

そんな竜の中で一番魔力の強い高齢の竜が、「静寂の女王」と呼ばれる個体で、上界のもっとも神聖な場所に保護されており、レシディア全体のエネルギー源となる「竜脈」を、日々発し続けている。

「女王」が大地に送る「竜脈」によって、「下界」もなんとか生命活動ができる環境に保たれているが、「竜脈」は竜がいる場所を中心に広がっているので、それが弱い「下界」は、どうしても劣悪な環境にならざるを得ない。だから集落をつくり、竜人同士助け合って暮らしている。

それが、圭がマリウスに教えてもらったこの世界の概観だ。今まで生きてきた世界とはまったく異なる理によって成り立つこのレシディアで、圭は――――。

「挿れるぞ、ケイ」

「……ああ。ん、んっ……！」

シーツに背中を預け、膝を折って肢を抱え上げた格好の圭の後孔に、マリウスがぐっと雄を繋ぐ。それだけで圭の腹部の赤い淫紋がジンと熱くなり、妖しく輝き始める。腹の底がキュウっとなって、内壁もざわざわと蠢動し始めた。

圭の体はすっかり竜を孵すのに適応した状態になったらしく、マリウスの大きな肉杭を繋がれても、スムーズにのみ込んでいくようになった。

それでもマリウスは、いつも初めてのときのように気遣って訊いてくる。

「この体勢で、苦しくはないか？」

「平気、だ」

「つらかったら、すぐに言ってくれ。我慢はするなよ？」

そう言って、マリウスがそろりと身を揺すり出す。中をゆっくりと擦られて、視界に淫紋の赤が広がる。

「んっ、あ、あっ……」

最初の晩ほど苛烈ではないが、その翌日の夜も、さらに翌々日の夜も、月の出の時間が来ると、圭の体は毎晩発情した。そしてそのたびに、番となったマリウスが圭を抱き、体内に竜人の男精を注ぎ入れてくれている。

圭の心情的に、この状況にまったく抵抗がないと言えば嘘になるが、番という生殖の営みの相手として、体がマリウスを受け入れたためか、行為を重ねるたびに慣れてきているのを感じている。

でも、すべてが体の変化や慣れのおかげというわけではない。痛みや苦しみ、嫌悪を感じることもなく、いつも穏やかに行為を営めるのは、マリウスがとても丁寧に、大事に圭の体を抱いてくれているからでもある。

彼にとっては、圭も大切に庇護すべき弱い個体だということなのだろう。

(マリウスは、ずっとそうして生きてきたのかな?)

圭が元いた世界からレシディアの下界に飛ばされ、洞窟の集落に暮らして、二週間ほど。圭が見聞きした限りでは、下界、とりわけこの集落の竜人は、翼が小さかったりマリウスのように片翼だったり、あるいは体が小さかったり高齢で弱っていたりと、明らかに力の弱い個体が多かった。

もちろん、そういう者をマリウスが保護して面倒を見てきたからこそなのだろうが、初日に圭を追いかけてきた連中にしても、マリウスに比べたら翼も体も小さく、あまり栄養状態がいいようには見えなかった。

また、洞窟の子供の竜人のほとんどは身寄りのない者で、よその集落で生まれて育てられずに捨てられた者もいるらしい。「死の海」から吹いてくる毒素の混じった風と、ほぼ毎日曇天が続くこの下界という場所は、それだけ過酷な環境なのだ。

それでも皆で助け合い、協力し合って生きていて、ある意味、圭が暮らしていた東京の街よりも、ずっと親密で温かいコミュニティが形作られている。すべてマリウスの尽力によるところが大きいのだろう。

彼が「マルーシャ」でよかったし、早々に出会えたことも、とても運がよかった。

日が経つにつれ、圭はしみじみとそう感じるようになった。

（あ……、マリウスの体、また……）

ゆっくりとした抽挿を繰り返すうち、マリウスの体に浮かぶ紫がかった黒い模様が、圭の淫紋の明滅に合せるように、濃くなったり薄くなったりし始める。

行為に慣れて余裕が出てきたことと、いわゆる正常位で抱き合うようになってから、結び合う間、マリウスの体にそんな変化が起こっていることに気づいた。

光の加減なのか、模様ができている部分の皮膚が細かく波打っているようにも見えたから、最初は少し驚いてしまったのだが。

（なんだか、不思議だな）

人間の体ではそういうものは見たことがないが、燐光を発したり体表の色を変える生物はいるし、実際に目にすれば興味深く、神秘的だと感じる。

圭の腹の淫紋も厄介ではあるが、綺麗でもあるなと思っていたから、マリウスの肌が同じリズムでざわめいているのを見ていると、異種族であっても一つになっているのだなと、不思議な感慨を覚えるのだ。

圭はマリウスの体を眺めながら、ぽつりと言った。

「……き、れい、だな」

「っ……？」

「それ、凄く、綺麗だ」

素直に思ったままを告げると、マリウスがどうしてか目を丸くした。

当惑の混じった声で、マリウスが訊いてくる。

「おまえは……、これが怖くないのか？」

「え。怖がらないといけない種類のものなのか？」

「いや、おまえに害はないのだが……、そうか。おまえは、そうなのか」

マリウスが言って、何やら少し嬉しそうな顔をする。

「まっすぐにものを見るのだな、おまえは」

「……まっすぐ？」

「だからこそ、巫女に選ばれたのか。ならばなおのこと、俺は応えねばな」

そう言ってマリウスが、圭の腰をわずかに持ち上げる。

穿たれる角度が変わり、圭の声が上ずり出す。

「ぁっ、あっ、ふう、うっ」

「ここ、好きだな？」

「や、んっ、擦、るなって……！」

内腔の前側の中ほどに、どうしてかとても感じる場所がある。

そこを擦られると、触れられていなくても圭の欲望がピンと勃って、先端から透明液が溢れてくる。淫紋も反応して劣情が高まり、内壁がジクジクと甘く潤んできた。

結合部からは抽挿のたびくちゅ、ぬちゅ、と卑猥な水音が上がるようになり、悦びの波がせり上がってくる。

「はぁ、あっ、マリウス、ぃい、なんだか、もうっ……」

「達きそうなら、達っていいぞ？」

「でも、あんたはっ？」

「おまえに合わせる。気にせず、達け」

「ああっ、あああっ」

抽挿のスピードがグンと速くなり、一気に絶頂の兆しが昂ぶる。圭はたまらず、自ら腰を揺すって叫んだ。

「はぁっ、あ、達く、もっ、達、く……！」

達した瞬間、マリウスも小さく唸って動きを止めた。

自分の放ったものが腹の上にパタパタと飛び散る感覚と、腹の底にマリウスの蜜液が放たれた感覚を同時に感じて、淫靡な気分になる。

「ああ、おまえに絡みつかれる。まだ足りないと言われているみたいだ」

マリウスがふう、と息を一つ吐いて言う。

「おまえが求めるなら、俺は応える。もっと、欲しいか？」

「もっ、もっとっ……？」

それはいわゆる抜かずのなんとやら、というやつか。

今まで恋人とだってそれをしたことはなかったけれど。

（……したいといえば、したいような気も）

気持ちはともかく圭の体は、そうしたいと感じている。何度も求めるなんて恥ずかしい気もするが、それが竜卵の求めていることなら仕方がない。

すべては無事竜を孵して、元の世界に帰るため。

圭は自分にそう言い聞かせながら、おずおずと頷いていた。


その翌日のこと。

「……お待たせ、みんな」

「どうだったっすか？」

「風向きは問題ない。雨に降られることもなさそうだ。というわけで、予定通り今日は、畑に行くぞ」

「わぁい！」

「やったあ！」

洞窟の西の先にある、細く小さな出口。外から戻ってきたマリウスの宣告に、タオやルカ、そしてほかの子供の竜人たちから歓声が上がる。

ジェイが一人一人の頭に帽子のような物をかぶせながら、言い含める。

「よっし、いいかおまえら。ちゃんとこれかぶって、俺らの言うこと聞くんだぞ」

「ジェイが前で僕が後ろを歩くからね？　はみ出さずに一列で歩くんだよ？」

セシルも言って、子供たちのチュニックの紐を結び直していく。

さながら遠足のような雰囲気だ。幼稚園児の頃、圭も芋掘りの行事に参加した覚えがあるが、ちょうどそれに近いだろうか。

『明日、天候がよければ畑に作物の収穫に行く。ケイも、一緒に来るか？』

昨晩、行為が終わったあと、マリウスがそう訊いてきた。

集落の食料は、定期的に外に狩りに行ったり、開墾した畑で育てたりしていると聞いて、少し興味を持っていたところだった。だから圭も同行することにしたのだが、行けるかどうかは天気次第だった。

子供たちにとっても洞窟の外で遊べる数少ない機会で、皆とても楽しみにしていたから、出かけられることになってよかった。

ジェイ、子供たち、そしてセシルに続いて、圭も洞窟の外へと出てみると――――。

「うわ、まぶし……！」

久しぶりに外に出たせいか、昼間の明るさがとてもまぶしくて目がくらんだ。

ここへ来たときと同じように、空はどんよりと曇って雲が垂れ込めているのに。

マリウスが圭の様子に気づいたのか、頭からすっぽりと覆うような大きなポンチョをさっとかけてくれる。

「目がきついだろう。じきに慣れるとは思うが、やはり外は明るいからな」

「まさか、これほどとは思わなかったよ。これで晴れたりしたらどうなるんだ？」

「下界が晴れる日はあまりない。たまにそういう日があっても、海風が強くて外には出られないから、あまり恩恵はないな」

ポンチョを着た圭の背中を手で優しく支えながら、マリウスが歩き出すよう促したから、目を細めながら足を進める。

少しして目が慣れてくると、やや明るめの曇り空だと感じるようになった。

晴れる日があまりないというのは、目には優しいかもしれないが……。

「曇り空の日しかなかったら困らないか？　日当たり悪くちゃ野菜が育たないだろ？」

「それと、真水も必要だな。下界ではどちらも不足しているから、最初はなかなか上手く実らなかったよ」

マリウスが言って、懐かしそうに続ける。

「でも、いろいろと工夫と改良を重ねて試行錯誤するうちに、この環境でも作物を栽培することができるようになったんだ」

「それ全部、あんたがやったのか？」

「みんなにも手伝ってもらってな。地形的に、洞窟のこちら側は海風の影響が小さいというのも成功した理由だ。葉がやられてしまうことが少ないから、成長できるんだ。ああ、見えてきた。あそこだ」

「……おお！」

短い草の生えた小高い丘を迂回(うかい)したところで、開けた場所に出た。

赤い、畑の土が見える。

「凄い。ほんとに畑だ」

低い山に囲まれた、まばらに草の生えた平原。その中に木の杭で囲まれた畑が数区画ほどあって、さほど高さはないがきちんと畝が作られている。

近づいてみると土から蔓や葉が伸びていて、畝の斜面に赤紫色の塊が覗いていた。

マリウスが厨房で作ってくれる煮込み料理によく入っている、ムラサキイモのような根菜だ。

「マリウス〜、しゅうかくしてもいいかぁ？」

「ぼくもやりたい〜」

タオとルカが畝の間に屈み、マリウスにお伺いをたてるみたいに言う。

マリウスが頷いて答える。

「いいとも。でも一人三つまで。それ以上穫っては駄目だぞ。爪が刺さらないように、丁寧に掘り返すこと」

「は〜い！」

「わーいっ！」

ほかの子供たちも全員屈み込み、小さな鉤爪の手で器用に畑の土を掘り返し始める。

圭は結婚もしていないし子供もいないが、至ってのどかな光景に、なんだか楽しい気持ちになる。

「ケイは、こっちのほうがいいかな」

「ん？」

「来てくれ。二人とも、子供たちを頼むぞ」

ジェイとセシルに子供たちを任せて、マリウスが圭を誘う。

さりげない口調だが、マリウスはどうしてか、周りを何か気にしている。どうしたのだろうと思いながら、あとについていくと。

「……あ。あれってもしかして」

畑からすぐのところにある、高く伸びた茎と葉が茂る畑。

近づいてみると、そこはトウモロコシ畑だった。圭の背丈よりもずっと高い茎の間に入っていくと、ヒゲの伸びたトウモロコシがいくつも実っていた。

「凄いな、こんなにたくさん……！」

「今日は、十本ばかり持って帰りたい。収穫を頼めるか？」

「ああ、もちろん。これなら手でもげそうだし。……よっと！」

手頃なトウモロコシを一本手折ると、パキッといい音がして、トウモロコシの香りが漂った。このまま茹(ゆ)でても、それにしょうゆをかけて焼いても美味(おい)しそうだ。

もっとも、この世界にはしょうゆはなさそうだけれど。

「なあ、マリウス。このトウモロコシって……」

どうやって食べようかと訊こうと話を向けたところで、マリウスの顔に何か緊迫した表情が浮かんだから、言いかけた言葉をのみ込んだ。

何事かと顔を見つめると、マリウスが抑揚のない声で言った。

「……ケイ。すまないが、少しの間、このままここで身を潜めていてくれるか？」

「？　どうしてだ」

「上界からちょっと面倒なのが来た。おまえがここにいると知られるのは、非常にまずい」

「……！」

状況を察して、慌ててトウモロコシの茎の下に屈み込む。

マリウスが頷き、圭を置いてトウモロコシ畑を出ていったので、茎の根元の間を這って端のほうまで行き、畑のほうに目を凝らす。するとしばらくして、空を覆う雲の中から竜人が三体舞い降りてきて、畑の上をぐるぐると旋回し始めた。

（……デカいな！）

竜人たちは全員マリウスと同じくらい体格がよく、翼も大きくて、手には槍のようなものを持っている。その上、何か少し見覚えのある衣服をまとっている。

確かユタと出会った倉庫にいた竜人が、あんな格好をしていたような……？

「うわー、風がぁ！」

「わぁ～！　飛ばされちゃうぅ！」

竜人たちがいきなりグンと高度を下げたせいで、畑に強烈な突風が吹き、せっかく収穫したイモや子供たちの帽子がくるくると飛ばされる。畝の土もざらざらと崩れて、こちらのトウモロコシの太い茎までがバサバサと揺れた。

畑を一瞬で荒らされて腹を立てたのか、ジェイが拳を突き上げて竜人たちをにらみ、怒鳴りつけた。

「おい、てめえら！　何しやがんだっ！」

「……ジェイ、よせ。セシル、子供たちを連れて戻ってくれ」

「う、うん、わかったよマリウス！　みんな、こっちだよ！」

セシルが身を低くしながら子供たちを集め、畑を出て来た道を戻っていく。

だがジェイは気が収まらないのか、竜人たちに叫びつづける。

「降りてこい、上界の腰抜け兵士どもめ！　今日という今日は許さねえ、ブン殴ってやる！」

勇ましい声で挑発するが、そんな言葉で竜人たちが降りてくるはずもなく、逆に嘲笑（ちょうしょう）するみたいにさらに大きく翼を揺らす。それですっかり頭に血が上ってしまったらしく、ジェイがいつもは小さくたたまれた翼を広げる。飛びかかるつもりなのだろうか。

「ジェイ、やめなさい！　翼を収めるんだ！」

「俺は負けねえ！　上界の奴らに舐められて、黙ってなんかっ……、わっ？　うわぁああっ！」

「ジェイ……！」

飛び上がろうとしたジェイだが、竜人たちが作る旋風を翼にまともに受けてしまい、体が大きく吹き飛んだ。

瞬間、マリウスが土を蹴って飛び出し、ジェイの体を捕まえて片翼でくるんで抱え、そのまま畑の上に転がるように落ちた。

モウモウと土埃が上がるほどの墜落の激しさに、息が詰まりそうになる。

あんな勢いで地面に落ちたら、人間なら大怪我をしている。二人は大丈夫なのか。

「……おまえたち、何をしている。遊びに来たわけではないのだぞ」

不意に上空から、低い声が聞こえてくる。

見上げると、すらりと背の高い竜人の男が降りてくるところだった。

ほかの竜人たちのようにバサバサと翼を動かすこともなく、ひらり、と至って静かに畑の縁に降り立つと、三人の竜人たちも彼に倣い、畑を囲むように広がって降りてきた。

どうやら男は、三人の竜人を従えている立場のようだ。

(何者なんだ、こいつら？)

男も竜人たちも、下界ではほとんど見かけない、きちんと仕立てられた衣服を着ていて、男はさらに眼鏡のようなものもかけている。下界の住人とのあまりの雰囲気の違いに驚いていると、マリウスが畑の中でのっそりと体を起こした。

こちらからはよく見えないが、どうやらジェイは気を失っているらしい。頭を支えるように腕に抱いたまま、マリウスが眼鏡の竜人に視線を向ける。

「……やあ、リュシアン。久しぶりだな」

「この前顔を合わせたのは半年ほど前だ。再会を懐かしがるほど昔ではないと思うが？」

リュシアンと呼ばれた竜人の男が冷たい口調で言って、マリウスを見据える。

「下界は変わりないか、マリウス？」

「まあ見てのとおりさ。相変わらずだよ」

「相変わらず、か」

リュシアンが言って、畑の様子を見回す。

「片翼の『邪竜』がはぐれ者を拾って保護し、痩せた土地を耕して自給自足の生活か。その偽善者ぶりも変わらない、ということだな？」

「はは、相変わらず手厳しいな、おまえも！」

マリウスが困ったように笑う。

偽善者、だなんて、ずいぶんとひどい言いようだと思うが、マリウスは別段腹を立てているふうではない。そんな言葉を言われても気にならないほど、このリュシアンという男と親しいのだろうか。

「最近、異世界との間で人間の出入りがあったようだ。何か知らないか、マリウス?」

「……!」

リュシアンの問いかけに、ヒヤリと冷たい汗が噴き出す。

それはもしかして、いやもしかしなくても、自分のことではないか。

「そういえば、最近『白い月の夜明け』と『赤い月の夜』が立て続けに来たな。珍しいこともあるものだなとは、思ったが」

マリウスが何食わぬ顔で言って、薄く微笑む。

「しかしまあ、ここは下界だぞ? それに俺のところは、それこそ力の弱いはぐれ者ばかりが肩を寄せ合ってひっそり暮らす、吹き溜まりみたいな集落だ。か弱い人間にはとても暮らせない。おまえもよく知っているだろう?」

そう言ってマリウスが、肩をすくめる。

「わかったら、そろそろお引き取り願いたい。誰のせいとは言わないが、畑の手入れをしなきゃならなくなったからな」

チクリとそう言うが、リュシアンは表情を変えずマリウスを見据えたまま動かない。

彼が嘘を言っていないか、見極めようとでもしているかのようだ。

　嫌な沈黙のあと、マリウスがふっと笑って言った。

「何かあったらちゃんと伝えるよ、リュシアン。俺はおまえが仕事を全うして出世できるよう、いつも祈っているんだ。もしもおまえがユタの番に選ばれたりしたら、家族としてこれ以上の喜びはないからな」

「……」

「ところで、ユタは息災かな？　竜宮で、心細い思いをしていないといいんだが。何も変わりはないか？」

　いかにも家族を気にかけているふうに、マリウスが訊ねる。

　そうやってカマをかけて、何か上界の事情を探ろうとしているのだろうか。

　けれどリュシアンは乗ってこなかった。竜人たちに手振りで戻るよう指示して、そっけなく言う。

「……おまえにそれを告げる義理も義務も、私にはない。だがおまえには私に対して報告義務がある。それを忘れるな、マリウス」

「はいはい。もちろんわかっているよ」

「何かあったらすぐに教えるんだ。いいな？」

　そう言って、リュシアンが竜人たちと共に飛び去っていく。

　なんとも尊大な男だ。上界の住人は、皆あんななのだろうか。

翼を揺らして去っていく竜人たちの姿を、圭は揺れるトウモロコシの葉の下から、忌々しい気分で見上げていた。


その日の夕刻。食堂で配膳を手伝っていたら、マリウスが畑から帰ってきた。

「ただいま。ふう、疲れた疲れた！」

「あ、マリウスお帰り～」

厨房で鍋をかき回していたセシルが、ひょこっと顔を出して言う。

「お帰りー。今から夕食なんだ。マリウスもすぐ食べる？」

「ああ、いただこうかな。ジェイはどうだ？」

「もう平気そう。広場の向こうのルオ爺さんが風邪気味だってんで、看病しにいってる」

「そうか。ならよかった。足の土を流してくるよ」

マリウスが言って、水場のほうへと歩いていく。だいぶ土まみれのようだし、足だけでなく全身を流すだろう。手拭いと着替えを持っていってやろうか。

圭はそう思い、リネンをしまってある部屋とマリウスの部屋に行って手拭いと衣服を拾い上げ、水場へ持っていった。入り口から顔を出すと、ちょうどマリウスが裸になって、桶で頭から水をかぶっているところだった。

「服と手拭い、持ってきたけど」

「ああ、すまない」

「畑、大丈夫だったか？」

「ほぼ元通りにしたよ。たまに少し掘り返すくらいのほうがいいんだ。まあ大丈夫さ」

マリウスが言いながら、汚れた手足を洗い、髪や翼にもたっぷりと水をかけて土を落としていく。手拭いで翼についた水滴を拭いてやると、マリウスがほう、とため息をついた。

「ありがとう、ケイ。汗を流すと気分がいいな」

そう言ってから、マリウスが微かに顔を顰める。

「正直、今日は胆が冷えたよ。あそこで見つかっていたら、ケイは今頃ここにはいなかった。少しうかつだったと反省しているよ」

「昼間の連中、なんだったんだ？」

「上界の役人さ。槍を持っていたのは兵士だ。眼鏡のほうは、まあ昔馴染みってやつだ」

マリウスが濡れた長い黒髪をぎゅっと絞る。

「下界を巡回して、竜や人間を見つけたら回収するのが仕事だ。俺のところに来ることはまれだが、少し焦っているようだったな。もしかしたら、ユタを見つけられなくて減給か降格でもされたのかもしれないな」

「それは……、見つかったら間違いなく連れていかれるな、俺」

「ああ。それでなくても、本当は下界で人間を匿(かくま)ったり竜が生まれたのを黙っていると、厳しく罰せられるからな」

「そうなのかっ?」

「竜は繁殖を管理されている。人間は下界では普通は弱ってしまうから、保護の観点から上界に連れていくことになっているんだ」

マリウスが言って、圭を安心させるように続ける。

「おまえは竜の卵を宿して体が変質しているから、ここにいても大丈夫だよ。それだって、竜を孵しておまえの世界に戻れば元に戻る。番との繋がりも消えるし、何も心配はいらないよ」

「けど、バレたらあんたが罰せられるんだろ?」

「バレたら、な。でも、俺も俺の信念に従って生きている。おまえのことも生まれてくる竜のことも、守ってみせるさ」

「信念って……」

いつも穏やかそうに見えるマリウスがそんな言葉を発したので、軽い驚きを覚える。でも元警察官としては、バレなければという考え方は少しばかり引っかかる。

圭は思わず訊いた。

「あんたのその信念ってのは、決まりを守ることより大事なのか?」

「……さあ、それは……、見方によるんじゃないかな。決まりというのは、守って保護されるものあってこそのものだと俺は考えている。この世界ではそれは十分とは言いがたい。だから俺は、自分の信念に従っているんだ」

マリウスが圭から衣服を受け取り、身にまとう。

「上界では人間や竜は手厚く保護されるが、それは自由を奪われてしまうこととほぼ同じだ。上界へ連れていかれたら、おまえが異世界に戻りたいという希望は絶対に叶わない。だからその決まりを守ることに意味はないと俺は思う」

「……それは、確かにそうかもしれないが」

「竜にしてもそうだ。俺は竜が生まれたら、独り立ちできるまでは育てるが、そのあとは下界の果てにある、遠い外界へと続く森へ放しに行くことにしている。上界の決まりがどうという前に、竜は本来、自由な存在であるべきだと俺は考えているからだ」

マリウスが言葉を切って、思案げに続ける。

「上界に保護されている竜は雌だけで、卵を産むことすら管理されている。それは保護の目的に沿ってはいるが、『女王』の竜脈を竜人に都合のよいやり方で利用するためでもある。とても、傲慢なことだよ」

微かににじむ義憤の念。

マリウスが、そんなにも強い信念を抱いて竜を孵そうと考えていたなんて思わなかった。

この世界は正しいあり方では存在していない、だから正したいと、そう思ってでもいるみたいだ。上界から下界へとやってきたのも、そのためなのだろうか。

「あんたは、だから下界に来たのか？　自分の考えを実践するためにやってきた、活動家か何かだとか？」

「はは、そんなご立派なものじゃないさ。それに、ここでの暮らしはそれとはまた別の話だ。俺が下界に来た直接の理由ともな」

そう言ってマリウスが、笑みを見せる。

「知ってのとおり、下界は厳しい環境だ。弱い者は淘汰されていくが、居場所さえあれば弱いままでも生きていける。だから俺はその場を作りたい。偽善者だなんて言われても、ただそうしたいんだ。ここで俺にできることは、それくらいしかないから」

そう言うマリウスの顔が、なんだかとても晴れやかな表情をしていたから、思いがけずドキリとした。

邪念も裏も感じさせない、マリウスのまっすぐな信念。彼はみんなを守り、みんなを大事に思って、ただできることをしているだけなのだ。こんなにも純粋な心で。

「さて、土も流せた。食堂へ行こうか、ケイ」

マリウスが先に立って水場を出ていく。

なぜだかいつもよりも大きく見える背中を追って、圭はマリウスについていった。

マリウスは、どうして「邪竜」などと呼ばれているのだろう。

洞窟で暮らし、彼と接すれば接するほど、圭の中にそんな疑問が湧いてきた。

ここでのマリウスは集落の長で、いつも率先してみんなのために働く、面倒見のいい善人そのものみたいな男だ。

住人たちからも慕われているし、誰にも分け隔てなくみんなに平等に優しい。

なのに、ここへ来る前に出会った竜人たちは明らかにマリウスを恐れていたし、上界の役人からも「片翼の邪竜」などとどこか侮蔑（ぶべつ）するような態度で呼ばれていた。

そのイメージと普段の彼の姿との差は、ずいぶんと大きい気がする。

だが、圭としては目の前の彼がすべてであるし、番とはいえかりそめの関係だから、深く追及するつもりはなかった。

本人が話してもいないのに周りに訊いて回ったりする気もなかったので、その疑問は胸の内にとどめて、月の出と共に彼と番う毎日を、至って平穏に過ごしていた。

そんなある晩のこと。

体にふわりと毛布をかけられた感触で、圭はうたた寝から目を覚ました。

明かりの落ちた、誰もいない会堂の長椅子の上で、一体いつの間に寝ていたのだろう。

横になったまま顔を動かすと、長椅子の前の床に、途中まで編まれた籐の籠が置いてあった。どうやらそれを作りかけたまま、圭は寝てしまったようだ。

(明日までにあと二つ、作るんだっけ。間に合うかな?)

集落の中で使われている、物を収納しておくための籠を作るのは、竜人の中でも手先が器用な者たちの仕事だった。

圭は特に器用なほうではなかったが、鉤爪の手よりも細かい作業ができることに気づいたので、手伝いを申し出たのだ。月の出は毎日少しずつ遅れていくから、夜長の手すさびにもちょうどいいと思い、数日前から取り組んでいる。

まだ月は出ていないようだし、少し進めておくか。

そう思い、体を起こそうとしたそのとき。

「マリウスぅ、ぼくにも毛布〜」

「ああ、いいとも。これで包んでやろう」

小さな子供とマリウスとが、ぼそぼそとした声で話している。

声が聞こえたほうに顔を向けてみると、マリウスが子供の竜人の体を大きな毛布で包んで、優しく抱き上げたところだった。

マリウスが保護している子供の中でも一番小さい、マルコという男の子だ。

生まれつき翼がなく、洞窟からそう遠くない平原に捨てられて泣いていたところを、保護されたのだという。いつもは大体早く眠るのに、目が覚めてしまったのだろうか。

「よしよし、いい子だ。何も怖いことはない。安心して眠るんだ」

「でも、マリウスどっか行っちゃわない？」

「ここにいるだろう？」

「竜の赤ちゃん、生まれても？」

「ああ。心配しなくても大丈夫だよ」

よくはわからないが、どうやらマルコは悪い夢でも見たようだ。

そういえば、昼間圭のところにやってきて、竜が生まれるのはいつか、小さいのか大きいのか、お話はするのか、等々、いろいろなことを訊いてきた。

竜が生まれて環境が変わることに、少し不安になっているのかもしれない。

「おまえがちゃんと大きくなるまで、俺だけじゃなく、みんなもずっと見守ってくれる。何も怖くなんかないよ、マルコ」

マリウスが言って、言葉を濁すことなく続ける。

「でもケイや竜は少し違う。ケイは元の世界に帰るし、竜もいずれは遠い世界へ旅立つ」

「どこかに、行っちゃうの？」

「そうだ。でも、それは哀しいことじゃないんだ。別れは終わりじゃないからね」

そう言ってマリウスが、マルコを毛布ごと抱き締める。

「マルコと俺もそうさ。束の間でも、一緒に過ごした時間は消えない。どんなに離れても心は忘れないものなんだ。だから俺はおまえも、ケイも、生まれてくる竜も、みんな愛おしい。俺はみんなを、心から愛している」

（……マリウス……、みんなのこと、そんなふうに？）

温かく優しい言葉に、不覚にも鼻の奥がツンとなった。

マリウスがほかのみんなだけでなく、かりそめの番の相手である自分のことまでそんなふうに想ってくれているとは思わなかった。なんて情の深い男なのだろう。

「……さあ、もう眠るんだ。明日の朝、また笑顔でおはようを言おう」

静かに語りかけながら、マリウスがマルコを抱いて会堂を出ていく。

知らず胸がドキドキと高鳴るのを感じながら、圭はその後ろ姿を見送っていた。


「ケイ、すまない。もう月が昇っていたな」

「っ……」

「マルコが起きてきたから、寝かしつけていて……、ん？　ケイ、何をしてるんだ？」

マルコを寝かせて寝室にやってきたマリウスが、ベッドの上の圭を見て瞠目する。

部屋に入ってくるならノックくらいしてほしいが、この寝室にはドアがない。

圭は裸で四つ這いになった格好のまま、頬を熱くして言った。

「じゅ、準備してただけだろ。そんな顔するなよ！」

今から十分ほど前のこと。どうしてだか胸の高鳴りが収まらなかったから、作りかけの籠を仕上げるのは明日にして寝室へと移動したら、ほどなくして月が出てきたのか、発情が始まった。

そのままマリウスが戻ってくるまで待っていてもよかったが、幼子をあやし寝かしつけて戻ってきて、今度は大人の自分の世話をさせるのかと思ったら、なんだか妙に申しわけない気分になった。

彼に抱かれるのにもだいぶ慣れてきたのに、いつもお任せで全部してもらうのはどうなのかと、最近は少しそんなふうに思い始めていたので、ものは試しと自分の手で後ろを馴らしてみていたのだ。

マリウスがふふ、と笑って言う。

「いや、すまない。ただ予想外だっただけだよ。ああ、これを使ったのか」

こちらにやってきてベッドに腰かけ、シーツの上に転がっていた木製の容器を取り上げて、マリウスが言う。

中身は木の種子から作られる植物性の油脂で、この世界では軟膏（なんこう）として使われているものだ。マリウスがいつも背中の傷に塗布している様子から、ワセリンみたいなものだとわかったので、圭はそれを使って後ろを解していた。

衣服を脱ぎ始めたマリウスに、圭は言った。

「いつもやってもらってばかりだったから。ちょっとは自分でって、そう思って」

「別に気にしなくてもいいのに」

「そうは言ってもさ。俺も、大人なんだし」

気恥ずかしさを感じつつもそう言うと、マリウスが笑みを見せた。

「そうか。気を使ってくれたのは嬉しいよ。じゃあさっそくしようか」

「うん……。あ、でも、あんたのは、まだ……」

マリウスの裸の下腹部にチラリと視線を向けて、圭は口ごもった。

彼の局部は鱗に覆われていて、男性器は普段、スリット状の部分に収納されている。ちょうどワニやカメがそういう仕組みになっていて、交尾のときにだけ勃ち上がったそれが表に出てくるようだ。

行為のときはいつの間にか勃ち上がっているので、気にしたことはなかったのだが……。

「その……、手伝おうか?」

「手伝う?」

「いや、だってほら、勃たせないと、さ」

おずおずとそう言うと、マリウスがほんの少し目を丸くした。

いきなり積極的になったと、怪訝に思われただろうか。

（……て言っても、どうしたら、勃つんだっ？）

人間ならそこに触れていれば硬くなってくるけれど、竜人の場合はどこをどう刺激したら形を変えるのかよくわからない。言い出したもののどうすればいいかわからず固まっていると、マリウスが少し考えてから言った。

「そうだな。じゃあ、キスをしてくれるか」

「キス？」

「ああ、それだけでいい。おまえとキスがしたい」

至って即物的な刺激を考えていたら、思いがけず雰囲気のある方法を提案されたので、少々ドキリとした。

キスなんて、初めて会ったときにされただけだ。しかもなぜだか体から力が抜けて、ぼうっとしてしまったのを思い出す。

でも、いつもの手順をスキップしてしまったのは確かなので、ここはマリウスが望むようにするのがいいだろう。圭が頷いてベッドの上に座ると、マリウスもベッドに乗り上げて、圭の腰を引き寄せてきた。

目を閉じると、口唇にマリウスのそれが重なってきた。

「……ん……」

マリウスの口唇はとても柔らかい。

圭よりは冷たいけれど、チュ、チュ、と優しく何度も啄(つい)ばまれるうち、圭の体温が伝わったのか、少しずつ温かくなってくる。

なんとなく少しうっとりしてしまっていると、圭の口唇の合わせ目を、マリウスが遠慮がちに舌でなぞってきた。

受け入れようと口唇を開くと、舌先がぬるりと口腔に入ってきた。

「……ぁ、ん、ン……」

圭のものよりも肉厚な、マリウスの舌。

その感触は、人間の舌とほとんど変わらなかった。体温が低いせいで冷たいが、圭の舌に絡み、上顎(うわあご)や舌下を撫でるうち、少しずつ同じ温度になっていく。

こちらから舌に吸いつくと、お返しみたいに舌を吸われ、口唇で食(は)まれた。

甘く濃密な口づけに、次第に頭がぼんやりしてくる。

「……ふ、ぅう」

最初のときのように、マリウスとキスしていると、体がひとりでにグラグラしてきた。きつい酒を口にして、一気に酔いが回るみたいな感覚だ。ベッドに座って腰を支えられているからどうにか体勢を保っていられるものの、立っていたらよろよろと倒れ込んでいたかもしれない。

　でも、酒と違って胸や胃が熱くなる感じはなく、ただふわふわといい気分になるだけだ。もしかしたら竜人の体液には何かの成分が含まれていて、人間に対して特別な作用でもあるのだろうか……？

「ぁ、んっ」

　口唇を吸い合ったまま陶然となりかけていたら、鉤爪の手で両の尻たぶをつかまれた。そのまま軽く爪を立てられ、揉みしだくみたいにされて、ビクリと腰が跳ねる。

　マリウスにそんなふうにされたのは初めてだ。今までの行為は挿入優先で、行為の間キスはもちろん、あまり互いの肌にも触れ合ってこなかったのだ。

　けれど軽く皮膚に触れられるのは、思ったよりも悪くない感触だ。セックスはただの「交尾」ではないのだと、なんだか久しぶりにそんなことを思い出して、少しばかりドキドキしてくる。

（……俺も、触れてみるか？）

　行為の間、必要以上に触れ合ってこなかったのは、彼の手が鉤爪で、圭の体を傷つけるかもしれないからであって、別にこちらが触れるぶんには何も問題ないはずだ。キスで甘い気分にもなっていたので、圭は思い切って手を伸ばし、彼の胸や肩に触れ、愛撫するみたいにまさぐってみた。

　するとマリウスが微かに息を乱し、ぐっと体を寄せてきた。

「んん、は……、ぁ、むっ……」

いきなりキスが深まり、頭が仰け反りそうになったから、マリウスの首に腕を回してしがみつく。彼の髪に手を入れ、うなじや首筋を手でなぞりながら舌に吸いつくと、マリウスが喉奥で小さく唸った。

その反応に圭も昂ぶって、腹の淫紋と内奥とがヒクヒクと疼く。

キスをして体をまさぐり合い、互いに興奮を高めていくのは、普通にセックスしていたらよくあることだが、なんだかしばらくぶりだったので新鮮な感じだ。

もしやと思い片方の手を彼の下腹部に滑らせると、剛直が雄々しく屹立しているのがわかった。キスと愛撫とで昂ぶってくれたみたいだ。

「……準備できたみたいだな、あんたも」

「だな。このまま、おまえにのみ込まれたいよ」

どこか艶めいた顔をしてそんなふうに言われたから、なんだかますます気が昂ぶった。

彼の首に腕を回したまま腰をまたぐと、マリウスが手を彼自身に添え、切っ先を圭の後ろに押し当ててきた。

圭はふっと息を吐いて、ゆっくりと腰を落とした。

「んんっ、く、うう……!」

ずぶりと先端をのみ込み、そのまま根元まで受け入れようとしたが、甘苦しさに声が洩れる。

軟膏を施して開いておいたから、いつもよりも滑りはいい気がするが、なぜだか予想よりも繋がるのに難儀する。どうにか根元までのみ込んでも、そのまま動かれたらちょっと苦しそうだ。もしや、解し足りなかったのか。

「やはり、俺がそこに口づけて解くのとは、少し違うようだな」

「そう、だな。なんでだろ？」

「竜人の唾液には、人間の体を弛緩させる作用がある。だからだろう」

「そうだったのか？　あっ、だからおまえにキスされると力が抜けるのか！」

「逆におまえのは、俺を昂ぶらせる。気つけ薬みたいにもなるな。淫紋同様、理にかなったやり方なのかもしれないな」

マリウスが言って、圭の腰を支える。

「何にせよ、時間をかければ大丈夫だろう。中が馴染めばいつもと同じようになるさ」

「なら、いいけど」

彼を体内に受け入れたまま、ふう、と息を吐く。

こうやって何度も行為を重ねているが、まだまだ知らないことはあるものだ。体のことばかりでなく、マリウスのことだって、圭はよくは知らない。

でも成り行きとはいえこんなにも近しい間柄になったのだし、もっと彼を知りたい。

圭はそう思い、さりげなく訊いた。

「なあ、マリウス。訊いてもいいか？」

「ん？　なんだ、改まって」

「あんたは、どうして『邪竜』なんて呼ばれてるんだ？」

ずっと抱いてきたが、なんとなく訊けずにいた疑問を口にすると、マリウスは特に言い渋る様子もなく答えた。

「皆恐れているからさ。俺の体の、この黒い模様を」

「これ、か？」

胸の辺りに浮かぶ紫がかった黒い模様に触れると、マリウスが頷いた。

「これは『死の海』の毒素が皮膚に入ってできるものだ。俺のように翼を失ってから長く時間が経つと、そこから毒素が入って皮膚にこれが浮かぶ。この間話したように、ずっと傷痕が開いているからな」

そう言ってマリウスが、少し寂しげな顔をする。

「他人にはなんの害もないが、下界の竜人の多くはこれを何かの呪いだと思って、よくわからないままただ恐れている。そして上界の竜人は、これを忌み嫌っている。翼を失うこと自体が彼らには恐怖であるうえ、罪人の象徴でもあるからだ」

「……罪人っ……？」

思わぬ言葉に驚いたが、マリウスは黙ってこちらを見つめるだけだ。

探るように、圭は訊いた。

「……あんたは、何か罪を犯したのか？」

「もしそうだったら、どうする？」

「どう、って……」

そこまで考えて訊ねたわけではないので、どうと訊かれると困る。そういう返し方をするところを見ると、もしかすると過去に何かあったのかもしれないが。

（別にどうってことも、ないんじゃないか？）

マリウスがなんらかの罪を犯した罪人だったとしても、ここでの生活を見ている限り、いきなり彼への見方が変わるわけでもなさそうだ。圭は首を横に振って言った。

「俺は今のあんたしか知らない。あんたはいい奴だと思うし、別に何も気にならないよ」

「ケイ……」

「俺さ、前に、警察官だったんだ」

「けいさつかん……、とは？」

「ああ、ええと、ここだとなんだろう、竜人兵に近いのかな？　悪い奴を捕まえたり、街の治安を守るのが仕事だ」

ごく簡単な説明に、マリウスが納得したように頷く。圭は考えながら言葉を続けた。

「『罪を憎んで人を憎まず』って、その頃俺が慕ってた先輩がそう言ってて。まあ、結局その仕事は辞めちまったんだけどさ、俺は今でも、できる限りそうしたいって思ってるんだよ」

実のところ、それは口で言うほど簡単なことではなかった。

その言葉を常々圭に言って聞かせていた先輩は、誰にでも公平公正、老若男女に慕われる警察官の鑑のような男だったが、身内が理不尽な暴力事件に巻き込まれたと知るや、刃物片手に相手の家に押しかけ、危うく相手を殺しかけて懲戒免職になった。

誰もが認める立派な人間ですら、私情や怒りであんなふうになってしまうのに、自分は警察官として、この先ずっとやっていけるのか。

情けない話だが、一度そう思ってしまったら、とても続けていく自信が持てなかった。ほかにもいろいろな理由があったが、結局はそれが、圭が警察官を辞めることになるきっかけだったと言えるだろう。

しかし一方で、今でも彼の言葉そのものは正しいし、人としてあるべき姿だと考えている。

本当はもっと成長したかったし、そうできるよう努力すべきだったのでは、と後悔していたところもあったから、いっときの滞在のつもりだとはいえ、この異世界でそれができるのなら、いいことではないか。

そう思いながらマリウスの精悍な顔を見つめると、彼はどこか感慨深げな顔をした。

「……そうか。おまえは本当に、まっすぐにものを見るんだな」

マリウスが言って、優しげな笑みを見せる。

「竜卵がおまえを巫女に選んだのは偶然なのだろうが、俺はおまえと出会い、かりそめとはいえ番になれてとても嬉しいよ。俺はおまえが、好きだ」

「す、好きとかっ」

「本当だ。おれはおまえが、大好きだよ」

ほとんど真顔でそう言われて、一瞬焦ってしまったが、そういえば先ほどマルコにもそんなようなことを言っていた。

マリウスのそれは、たぶん博愛的な「好き」なのだろう。何も焦ることなどないのだろうけど。

(……なんで俺、こんなにドキドキしてるんだ？)

ただ好きと言われただけなのに、どうしてか鼓動が早くなって、顔が上気してしまう。

体の中も熱くなって、後ろがキュウッと彼に吸いつくのがわかる。

でもそれは、いつもの淫紋による発情が勝手に引き起こす反応とは、どこか違う感覚だった。圭自身の気持ちが昂ぶって、そのせいで体まで変化しているような感じだ。まるで心と体が繋がって、圭自身がマリウスのそれを求めているみたいな、そんな感覚で――。

「そろそろ、よさそうだ。動くぞ、ケイ」

「えっ……、あっ、はぁ、んぅっ……！」

マリウスが圭の双丘を手で支え、下から雄を突き上げてきたから、意識までグラグラと揺さぶられた。

先ほどはきつかった後ろもすっかり馴染んだらしく、マリウスが行き来するたびクプ、クプ、と音が立ち、背筋をビンビンと悦びが駆け上がる。淫紋も赤く光って圭自身が勃ち上がり、ぬらぬらと嬉し涙を滴らせ始めた。

「あっ、ぁ、凄っ、なんか、いつもより、来るっ」

「奥に届いている感覚がある。ここ、いいだろう？」

「ああっ、あ、ぃいっ、そ、こっ！　あああ、ああっ」

体位のせいなのか、最奥のいい場所をゴリゴリと抉られ、めまいがするほど感じてしまう。それに呼応するみたいにマリウスの黒い模様もざわめき始め、体内の雄が嵩を増す。

マリウスの首にしがみつき、自ら腰を揺すっていい場所にダイレクトに当たるようにしたら、マリウスも応えてズンズンと頭の部分を打ちつけてきた。

互いの動きが違和感なく応え合って、いつもよりも深く熱く結び合っていく感覚に、全身が悦びでわななきそうになる。まだ始まったばかりなのに、爆ぜそうな気配が腹の底からふつふつと沸き上がってきた。

「はぁ、あっ、どう、しよっ、俺もう、達きそうだっ」

「達けばいい。何度でも応えてやると、いつも言っているだろう？」

「で、もっ……、あぅっ！　ああっ、そ、なっ、激、しっ……！」

腰を押さえられて動きを封じられ、いいところだけを集中的に攻められて、視界がグニャグニャと揺れる。

淫紋による発情。いつにない圭の気の昂ぶり。そしてマリウスの的確すぎる抽挿。すべてが絡み合って、圭は止めようもなく頂へと押し上げられる。

「はあ、ああっ、達っ……、ふうっ、う――――」

たまらずマリウスの肩に顔を埋め、ぶる、ぶる、と身を震わせながら白蜜を吐き出す。そのたびに窄まりがキュウキュウと絞られ、マリウスが小さく唸る。

「ぁ、あ……、マリ、ウ……、ン、んっ……」

一人でさっさと達してしまい、少しばかり申しわけなく感じたから、頭を上げて顔を見つめたら、口唇を重ねられて舌を絡められた。

まだまだいくらでもできる。何も気にすることはない。

まるでそう言ってくれているみたいで、知らず笑みすらこぼれそうになる。先ほどのドキドキがまた胸に甦ってきて、体が甘く潤んでくる。

（……マリウスと、もっとたくさん、抱き合いたい……）

男に抱かれるなんてと、最初はそう思っていたのに、圭は今、自然とそう思った。

自分の変化に少しばかり驚くが、これはきっと、マリウスの言う「好き」と同じように、圭もマリウスが「好き」だからだろう。

圭は同性愛者ではないから、たぶんこれは恋とは違うのだろうけれど、月の出ごとに淫紋に発情させられて即物的に結び合うだけではない、心と心の結びつきができつつあるのかもしれない。そう思うと、なんだか気持ちが穏やかになる。

人生は一期一会。マリウスが言っていたように、かりそめの番でもこの時間は消えない。元の世界に帰っても、いつかこの日々を懐かしく思い出したりするのだろうか。

ぼんやりとそんなことを思いながら、圭は再び律動し始めたマリウスの上体に身を預けていた。


それからしばらく経った、ある日の朝のこと。

少し遅めに目覚めた圭は、いつもの洞窟の中が、何か騒然とした雰囲気になっていることに気づいた。

広場に出てみると、竜人たちは「死の海」に近いほうの出口へと向かっていた。外の光が見える場所にあらかじめ柵(さく)が施されているのだが、みんなその前に立って外を眺めている。

　出口の向こうで何かあったのだろうか。

「ケイさんっ？　あんたこんなとこで何してるんだよっ？」

「セシル……、おまえ、それは？　外で何かあったのか？」

　柵の端を開けて外へ向かう一団についていこうとしたら、両手いっぱいに布を抱えたセシルに止められたので、何事かと訊ねると、セシルが哀しげな顔で答えた。

「上界から、『廃棄』があったんだ。マリウスが救助してるけど、たぶん、誰も……」

「『廃棄』って？」

　聞き返すと、セシルがああ、とため息をついた。

「……そっか、聞かされてないか。でもとにかく、こないほうがいいよ。ほら、また役人でも来たら、困るしね！」

　セシルが慌てて誤魔化すみたいな口調で言って、さっと外に出ていく。

　何が起こっているのかまったくわからないが。

（救助、ってことは、災害でも起きたのか？）

　外に出ず見守っている竜人たちは、みんな高齢だったり体の弱い者たちばかりだ。動ける者たちは総出でマリウスを手伝っているのかもしれない。

　確かマリウスは、竜卵を抱いた圭の体は「死の海」にも耐性があると言っていた。一応手伝いに行って、足手まといになるようなら戻ろうか。

そう思い、部屋に戻ってこの間のポンチョを頭からかぶって、また出口へと向かった。

まぶしさに目を細めながら、外に出てみると――――。

「……！」

そこは小高い丘の上で、数百メートルくらい下ったところに湖か大きな川のような水辺があり、そのずっと先、水の向こうに、とても高い絶壁があるのが見える。

遠目に見ても水は黒っぽく濁っていて、何やら毒々しい。恐らくあれが「死の海」なのだろう。絶壁は途中から雲がかかっていて天辺が見えないが、上にはたぶん台地があって、そこが上界なのではないか。

距離感が狂うほどのスケールに、驚いてしまう。

（あれは……、集落の竜人たち？）

水辺の手前に広がる砂浜のようなところに、二十人くらいの竜人たちがいて、水の中から何かを引き上げては順に並べ、広げた布をかけている。

水の中にいるひと際体の大きな竜人は、マリウスのようだ。水にぽつぽつと浮いている何かの物体を引き寄せ、砂浜に戻っては竜人たちに引き渡している。

その光景に、圭の心拍が嫌なふうに跳ね上がっていく。

遠目で定かではないが、圭の元警察官としての直感が告げている。マリウスたちが浜に引き上げているのは、恐らくはたくさんの亡骸（なきがら）、竜人の遺体なのではないかと。

「やっぱり、今回もみんなダメなのかなぁ？」

いつの間にかタオが圭のそばまで来て、並んで同じ光景を見ていた。淡々とした口調に焦ってしまう。

「っ？　タ、タオ！　中にいなきゃだろ！　子供があんなの、見ちゃ……！」

「なんでだ？　もう何回も見てるぞ？」

「え……」

「おれもああやってマリウスに助けてもらったんだ。でも、いつもほとんどが死んじゃってる。誰か一人くらい、助かるといいけど」

「……いつも、そうなのか……？」

やはり災害か何かなのか。確かめずにはいられず、圭は浜のほうへと下り出した。

近づいて見てみると、浜に並べられていたのはやはり竜人の亡骸だった。

「クソ、みんな駄目かっ！」

ジェイがこちらに背を向けて一人一人布をまくり上げ、息がないのを確かめて、悔しそうに言う。傍らで一人ずつ布をかけながら、セシルが言う。

「みたいだね。今回は数も多いし、若い個体も……。やりきれないね」

二人の言葉に、沈痛な気持ちになる。

やがてセシルが、こちらに気づいて目を丸くした。

「……あれ、ケイさんっ？　出てきちゃったの？」

圭は頷き、見た感じ人間であることがわかりづらいよう、ポンチョのフードを深くかぶり、少し裾を膨らませながら言った。

「すまない、邪魔にしかならないと思ったけど、何が起こってるのか知りたくて」

「『廃棄』っすよ。こいつらみんな、上界から捨てられたんだ」

ジェイが憤った声で言う。

「上の奴ら、怪我とか病気とかで治る見込みのない竜人を、強制的に下界に落とすんすよ。年寄りも子供も、容赦なしにね！」

「そんなことをっ……？」

「半年に一度くらいっすかね。でもここに流れ着くのは一握りだし、救助に来るのもマリウスだけさ。よその集落の竜人は、誰もこない」

「上界で落とされるって決められたら覆らないし、ほとんど助からない。そういうところなんだ、ここは」

セシルの言葉に戦慄する。まさかそんな選別が行われているなんて思わなかった。

「誰か、真水を頼む！」

水の中からマリウスが叫んで、流れてきた竜人を担いで浜に上がり、その体を横たえる。

救助を手伝っていた竜人の一人が、背負っていた革の水袋の口を開け、頭や胸の辺りをざっと流すと、竜人がウッと呻いて、ゴボッと海水を吐き出した。

「ううっ、ケホッ、ゴホッ……！」

「よし、そうだ。海水をすべて吐いてしまえ」

マリウスが竜人を横向き加減にして、背中をとんとんと叩く。

竜人は華奢で、翼が片方途中からちぎれているようだ。顔立ちや体型から、雌らしいことがわかる。真っ白な顔だったが、ハアハアと呼吸するうち徐々に赤みを帯びてきた。

なんとか大丈夫そうだと、安堵しながら見ていると、竜人がうっすら目を開けてマリウスを見た。

瞬間、竜人がはた目にもわかるほど縮み上がった。

「……ヒッ！　じゃ、『邪竜』っ……？」

「はは、久しぶりに見たな、その反応。でも俺は、きみに危害を加える気はないし食う気もないから心配するな。誰か、毛布を持ってきてくれ！」

ビクビクとおののく竜人に、マリウスが苦笑しながらも言って、周りを見回す。

するとジェイが、どうしてか茫然とした顔で竜人に近づいて、ふらふらと目の前に屈み込んだ。

「……おい、おまえっ……、まさか、ミラかっ？」

「……っ？　う、そっ……、ジェ、イっ？」

「ミラ……！」

「ジェイ……、ジェイィっ！」

ミラ、と呼ばれた雌の竜人が、ジェイにしがみついて泣き出す。

知り合いなのだろうか。ミラの体をぎゅっと抱きしめて、ジェイが訊ねる。

「おまえ、なんだってこんなことにっ？」

「事故でね、右の翼、半分ちぎれてしまったのっ。そしたら、おまえはもう『廃棄』だって言われて……！」

「……ちくしょう、上界の奴ら、俺の大事な幼馴染に、なんてことをっ！」

ジェイの顔が怒りで真っ赤になる。圭の胸にも、憤りが湧き上がってくる。

「ジェイ、ねえ、その人の体、ちゃんと流してからにしないと！」

体のほとんどが海水まみれのミラに泣きながら抱きつかれているジェイに、セシルが毛布を持ってきて注意する。マリウスが代わりに受け取り、ミラの体にかけながら言う。

「結局、助かったのはこの子一人だけか」

立ち上がり、砂浜に並ぶ布をかけられた亡骸を見渡して、マリウスが皆に言う。

「せめて手厚く葬ってやろう。みんな、手伝ってくれ」

竜人たちの亡骸は、「死の海」の岸に沿って少し歩いたところにある、集落の共同墓地に葬られるのが慣例らしかった。

ミラは衰弱していたためジェイが連れ帰って手当てをすることになり、圭も体調への影響を考慮して洞窟に帰るよう言われたので、参列は叶わなかったが、救助に当たった竜人たちとマリウスとで、きちんと死者を弔うのだという。

(俺は何も知らなかったんだな、この世界のこと)

「廃棄」だなんて、ぞっとするほど残酷な言葉だ。

よくよく聞いてみれば、この集落の住人たちの中にもその生き残りが多くいて、ほかの集落に身を寄せていたものの口減らしのために追い出された者もいた。

レシディアという世界は弱肉強食なのかもしれないが、この集落でみんなが助け合って生きているのを見てきただけに、圭には上界の横暴は許しがたかった。圭だけがそれを知らなかったことにも、少なからずショックを覚えている。

圭はここを去っていく身だから、マリウスもあえて話さなかったのかもしれないとは思うのだけれど。

「……マリウス、お茶を持ってきたけど、飲めるか？」

「ケイ……。ありがとう。置いておいてくれたら、あとでいただくよ」

昼下がり、セシルが会堂で子供たちにおやつを食べさせるのを手伝っていたら、埋葬を終えた竜人たちが帰ってきた。

マリウスは一番最後に帰ってきて、水場で体を流したあと自室へ行き、そのまま会堂のほうへはこなかった。昼食も食べられなかっただろうと思い、何か持っていこうかとセシルに提案したら、お茶と焼き菓子くらいでいいと思う、と言われて盆を渡された。

どうやらセシルの見立ては正しかったらしい。マリウスはひどく疲れた顔で、ベッドに体を投げ出していた。

「大丈夫……、じゃ、ないよな。あんなことのあとじゃ」

「心配してくれてありがとう。でも平気だ。少し疲れただけで」

「無理するなよ。あんた、誰よりも動いてたじゃないか」

盆を入り口のそばのテーブルに置き、ベッドへと歩み寄って縁に腰かける。

マリウスがふう、と深いため息をつく。

「何度遭遇しても慣れないよ。あの光景には」

「ずっと昔から、ああなのか？」

「ああ。悪しき慣習というやつだよ」

そう言ってマリウスが、ベッドの上で横向きに寝返る。

「『女王』の保護と、その竜脈の安定供給のためだと、そう言われている。竜脈維持の負担になる弱者を上界から定期的に一掃して、その純度を守るためだと」

「なんだよ、それ！　弱者こそ守るべきじゃないのか！」

「そうだな。間違っているのは上界の決まりだと俺も思うし、少なくとも下界の住人は皆そう思っているはずだ。だが『死の海』による上界と下界との分断は、上界の竜人たちの特権性を強化して……、ぅうっ！」

「っ？　マリウスっ？」

話の途中でマリウスがいきなり呻いて、ベッドの上で苦しげに体を丸めたから、慌てて顔を覗き込む。

いつも穏やかな表情を浮かべているマリウスなのに、なぜだかその眉間には深い皺の溝が刻まれ、額にはじっとりと汗をかいている。鱗と肌とに浮かぶ黒い模様も心なしか濃くなっていて、触れると熱を持っていた。

普段はひんやりとしている体が熱くなっているなんて、一体なぜ……？

「っ……、マリウス、傷が腫れてる……！」

何気なく確かめた彼の背中の傷が、化膿したみたいに腫れていたから、驚いてマリウスに告げる。するとマリウスが、弱々しく頷いて言った。

「『死の海』の水に長く浸かっていると、俺はこうなる。背中の傷から毒素が入って、膿んでしまうんだよ」

「あんた、それわかってて水に入ったのかっ……？」

「俺が一番体が大きいし、体力もある。泳ぎも、まあ得意なほうだしな」

「だからって……」

「いつものことだ。しばらく寝ていたらよくなる。治療方法があるわけでもないし、あまり気にしないでくれ」

つらそうな顔をしているのに、そんなふうに強がるマリウスに、なんだか胸が痛む。

――――みんなのために、誰かのために。

マリウスはいつでも、そうやって自分を後回しにしてきたのだろうか。集落の長として、人知れず傷の痛みに耐えていたのか。

（なんでそこまで、できるんだ？）

マリウスの過去は気にしていないつもりだった。たとえ本当に罪人だったのだとしても、今の彼を見ていたいと、そう思っていた。

でも、マリウスの自己犠牲をいとわない性質は、元々の彼の性向がそうなのだとしても、なんだかひどく痛々しい。この先も、マリウスはずっと他者のために生きていくつもりなのだろうか。こんなふうに傷が痛んでも、黙って、独りで……？

「なあ、じゃあ鎮痛剤とか、ないのか。こんなに腫れてたら、つらいだろう？」

なんだか切ない気持ちになってきたから、せめて痛みだけでも取り去ってやりたいと思って訊ねたが、マリウスは小さく首を横に振った。

「煎じ薬は、あるにはあるが、毒素が引き起こす痛みにはあまり効かないんだ」

マリウスが言って、一瞬ためらいを見せてから続ける。

「ただまあ、苦痛を緩和する方法なら、一つだけなくもないんだが……」

「なんだ、あるのかよ！　どうするんだ？　何か必要なら、俺が持ってくるぞ？」

そう言うと、マリウスがこちらの顔をまじまじと見つめた。

それから、どうしてかおずおずと切り出す。

「必要なものは特にない。ただ、おまえが添い寝をしてくれること、かな」

「はぁ？」

「番のいる竜人は、相手の体を抱くことでいくらか苦痛が和らぐんだ。でも……」

「なんだよ、そんな単純なことなら、もっと早く言ってくれよ！」

拍子抜けするほど簡単な方法だし、それくらいならいくらでもする。

圭はベッドに乗り上げ、マリウスと向き合って横たわり、彼の腕をとって背中に回した。

マリウスがほんの少し瞠目し、それからすまなそうに微笑む。

「……いいのか、ケイ？　月夜でもないのに」

「そんなもん気にするな！　ていうか、もしかして、だから遠慮してたのかっ？」

「まあな。これは完全に俺の都合だし」

「何言ってんだよ、水くさい！　あんたと俺の仲だろ？」

茶化して言うと、マリウスがふふ、と笑って、遠慮がちに圭の腰を抱き寄せてきた。

彼の胸にすっぽり収まるように身を寄せると、いつもはひんやりしている肌が、やはり少し熱を帯びているのがわかった。マリウスがほう、と深いため息をつく。

「ああ、いいな。こうしていると、おまえの竜脈を感じる」

「？　俺人間だぞ？　腹ん中の竜の、じゃないのか？」

「いや、おまえのだよ。竜と名がついているが、竜脈とは結局のところ命の輝き、気の流れのことだ。おまえのは強く、とても熱い。かりそめの番の俺にも、こんなにも力をくれる……」

「そう、なのか……？」

自分では何もわからないが、マリウスのどこかうっとりとした声からすると、こうしているだけで本当に苦痛が和らいでいるのかもしれない。この世界の番というのは、ただ夫婦になるとかパートナーになるとかよりも、存在自体が深く結びついている間柄なのだろうか。

とても神秘的で、確かな絆を感じるけれど。

（俺がいなくなったら、こういうときどうするんだ？）

マリウスが圭と番になったのは、竜卵を孵すためだ。

独身だと言っていたから、これまではこういうことのたびずっと一人で我慢していたのだろう。圭が帰ってしまってまたそうなるのだとしても、マリウスならきっと気にするな、と言うに違いないが……。

（それでいいのか、本当に？）

圭の体一つで、こんなふうにマリウスの痛みを緩和することができるのだ。番というのは、それだけ結びつきが深いのだろう。

なのに、竜を孵したら圭は元の世界に帰ろうと考えている。かりそめだろうと、マリウスとは確かに番であるのに、用がすんだらサヨナラで本当にいいのだろうか――――？

「……ん……、なんだか少し、眠くなってきたな……」

圭を抱いたまま、マリウスがつぶやく。顔を覗くと、もう瞼が落ちかかっていた。

今朝は早いうちから竜人たちの救助のために「死の海」へ行き、亡骸の埋葬までしてきたのだ。苦痛で眠るどころではなかったのが、痛みが和らいだから一気に眠気が来たのかもしれない。

「マリウス。眠いなら、このまま眠ってもいいぞ？」

「……だが、ケイ、が……」

「遠慮なんかするな。眠れよ、マリウス」

圭は言って、マリウスの背中に腕を回し、たたまれた左の翼のつけ根の下辺りをとんとんと優しく叩いた。マリウスの瞼が徐々に落ち、息が深く規則的になっていく。

（そうだ、マリウス。俺が傍にいてやるから、ぐっすり眠れ）

今、マリウスを癒せるのは自分だけ。

それがわかってみると、マリウスがどれだけ遠慮しようと、自分はここにいて癒してやらなくてはと、そんな気持ちになる。そしてそうできることが、とても嬉しい。マリウスに与えられるばかりでなく、返せるものがあるというのが、単純に嬉しいのかもしれない。

もちろん圭にとっては、腹の中の竜を孵すことが第一ではあるが、自分が今ここにいる理由がちゃんとあるのだと、そう思えることは、人に力を与えてくれるものなのだろう。

（……だけど、竜が生まれたら俺は帰って、元の生活に……）

圭が元の世界に戻れれば、番の結びつきは消える、とマリウスは言っていた。

それは、その気なら新たに別の相手と「番になれる」、ということだろうか。

圭はもちろんマリウスも、別の誰かと結婚できるということか……？

「……ん？　どうした、ケイ？　竜脈が、乱れてるぞ……？」

「えっ？」

目を閉じたまま、マリウスが眠そうな声でそう言ったので、ドキリとする。まどろみながらも、マリウスがさらに言う。

「何かこう、ざわざわと、している……、どうか、したか……？」

「……っ、どうもしないぞ！　いいから気にしないで、寝ろっ……」

そう言うと、マリウスはまたすうっと眠りに落ちていった。バクバクと脈打つ自分の心音だけが、圭の耳に響く。

圭が帰ったあと、マリウスがどう生きていくのか。

それは本来であれば圭には関係のないことだ。圭の目的は元の世界に帰ることで、圭にだってその先に未来があり、誰かと出会って結ばれることもあるだろう。

むしろそういう未来を取り戻したいからこそ、圭は竜を孵そうと頑張ってきたのだ。発情して恥ずかしく身悶えた体をさらし、男でありながら男に抱かれることにも耐えてきた。

なのに――――。

（なんでこんなに、気持ちが乱れるんだ）

マリウスが「ざわざわ」と言ったのはとても正しい表現だと思う。心がざわついて、どうにも落ち着かない。それがどうしてなのか自分でもよくわからなくて、焦ってしまう。

でも圭がそうなっていると、マリウスの眠りを妨げてしまうかもしれない。

今は、何も考えないほうがいい。疲れているマリウスを静かに寝かせてやらなくては。

圭は自分にそう言い聞かせながら、マリウスの規則的な寝息を聞いていた。

◆　◆　◆

それから半月ほどが経ったある日のこと。

その日、圭は朝からなんとなく腹に違和感を覚えていた。見た目は何も変わらないのだが、淫紋が少しだけ引きつるような感覚があったのだ。竜卵に何かが起こっているのだろうかと思ったが、マリウスは朝から若い竜人たちと狩りに出ていて留守だった。

何か始まったらどうしようと思いつつ、小さい子供たちの面倒を見ていたが、昼食を出して片づけを終える頃には、特に何も感じなくなっていた。

「ケイさん、それ、私も手伝っていいですか？」

静かな昼下がり、会堂で昨日子供たちが穫ってきたトウモロコシの皮むきをしていたら、ミラが声をかけてきた。

例の「廃棄」のあと、ジェイが懸命に看病して、今では彼女もすっかり元気になった。幼馴染との奇跡的な再会と、助けてくれたマリウスへの恩返しをしたい気持ちから、この集落で暮らしていくことを決めたと、先日ジェイが嬉しそうに教えてくれた。

圭は頷いて言った。

「もちろんだよ、ミラ。じゃあこっちの籠のぶん、お願いしてもいいか？」

「はい」

ミラが籠を受け取り、圭の向かいに座って皮をむき始める。

ほかの竜人と同じ鉤爪の手だが、女性なので少し小さい。でもとても慣れた手つきをしている。もしや料理が得意だったりするのだろうか。

上界の竜人がどんな生活をしているのか、ほんの少し興味が湧く。

「上界でも、トウモロコシって食べられてるのか？」

「ええ、もちろん。とても美味しいですよね、トウモロコシ」

ミラが言って、ぽつりと続ける。

「大きいお屋敷の、キッチンメイドをしていたんです、私」

「へえ、そうなのか」

「あまり器用ではないので、翼のせいでクビになるまでも、ずっと怒られてばかりでしたけど。元々生まれもよくないし」

「生まれ、か。そういうの、上界だと問題になるのか？」

「身分社会ですからね。ジェイもそのせいで、小さいときに追われるみたいに上界を出て。こっちに来て、ここはそういうのがないんだって、新鮮でしたよ。『邪竜』のマリウスさんが、あんなに穏やかで善良な竜人だっていうのも」

そう言ってミラが、ふふ、と笑う。

「上界に住んでても、人間さんに出会うことなんてまずないから、ケイさんを見たときも本当に驚きましたよ！　しかも、竜が生まれるなんて！」

「ああ、まあ、そうだろうな」

「竜宮には一部の竜人しか行けないから、竜にも会ったことないですよ。お仕えしてたお屋敷のご主人は、ちらっと竜の保護区の中を見たことがあるって言ってましたけど」

「ふうん、そういうものなのか」

レシディアという世界について、圭はなんとなく、竜人は上界に住んでいるというだけで上流階級で、下々は下界に住むもの、という単純な世界なのだろうと想像していた。

だが、どうやらそうでもないらしい。上下界とは別に、上界には上界の階層のようなものがあるみたいだ。

その中の下層階級の竜人は、ちょっとのことでいつでも下界に落とされる可能性があるというなら、上界という場所も楽園というのにはほど遠いのかもしれない。

そしてそれはある意味、圭が生きてきた人間の世界と変わらない。どこにいても、社会というものは世知辛いようだ。

「でも、上界では『静寂の女王』って雌竜が強い竜脈を発しているんだろう？　そのおかげでここよりずっと住みやすいって聞いたけど？」

「たぶん、晴れの日はここよりずっと多いですよ。生活に使える竜脈の量も。でも、それも一部の偉い竜人たちが握ってるみたいなものです。最近は特に、『女王』も年を取ってしまいましたしね。ほかの雌の竜にしても、卵を産んだって話は聞かないし」

そういえば、ユタが言っていた。竜の卵を権力の道具にしている者がいる、と。

竜の保護のために上界で行われているという、産卵や個体数の管理。

それはもしかしたら、一部の竜人が自分たちの権勢を維持するために行っている面もあるのではと、なんだかそんな想像をしてしまう。

（もしもその『女王』が亡くなったら、この世界はどうなるのかな？）

竜脈の仕組みも作用も、人間の圭にはよくわからないが、弱い個体を下界に「廃棄」しなければ維持が難しいほど「女王」が高齢だというなら、そういう事態も起こりうるだろう。

そのとき、レシディアはどうなるのだろう。マリウスが、そしてみんなが作ってきたこの集落はどうなってしまうのか。

そんなことを考えると、元の世界に帰る身とはいえ、ひどく不安になってくる。

「たっだいま～」

「あ、みんな帰ってきましたね？」

ミラが顔を上げると、会堂にジェイが姿を現した。

両手に抱えているのは、狩りの成果の小動物のようだ。

「ひー、疲れた！　おお、ミラ！　ケイさんもお疲れさまっす！　今日は大猟だったっすよ〜！」

「ジェイ、静かにしなよ、子供たちお昼寝の時間だよ？」

続いて入ってきたセシルがたしなめて、背負っていた籠を置く。

中にはアンズのような果物がたくさん入っている。

「おお、凄い。こんなにたくさん……。マリウスは？」

「たぶん、水場じゃないすかね。……あ、ミラ。これ、おまえに」

ジェイが急に小声になって、ミラに小さな花束を手渡す。

照れたような顔からすると、ミラへの贈り物として自分で摘んできたのだろう。

ジェイ本人は周りに気づかれている自覚はまったくないが、最近のジェイはミラに猛アタック中だ。ミラが少し驚いた顔をしつつも笑みを見せたので、やや呆れ顔のセシルとちらりと顔を見合わせてから、圭は会堂を出ていった。


手拭いや着替えを持って水場に行くと、マリウスが体を流しているところだった。

「おかえり、マリウス。……うわ、やけに獣臭いなっ？」

「イノシシをさばいたからな。いい肉が取れたよ」

「そうか。お疲れさま」

（もうすっかり、治ったみたいだな）

この前、圭の体を抱いて寝たあと、目覚めたマリウスはすぐに動き回ろうとした。だから圭は、ちゃんと休んだほうがいいと説得して、三日ほど自室で休養させた。

そのおかげか背中の傷の腫れもすっかり引いていて、体調も万全だ。もちろん、傷が乾かず生傷のままなのは変わらないが、狩りや収穫のために皆を引き連れて外に出ていく体力は十分に戻っている。

でも本当のところ圭は、マリウスにはもう少し休んでいてほしかったと思っている。集落の長とはいえ、彼はあまりにも多くのことを引き受けすぎだし、ジェイやセシルや、ほかの若い竜人たちにもできることなら、もう少し任せたらいいと思うのだ。

圭が竜を孵したら、もっと忙しくなるのだろうし……。

「手拭いと服をありがとう、圭。さて、日暮れまでにもうひと仕事しておくか」

「っ？　今帰ってきたばかりなのにっ？」

「確か広場の向こうで、かまどの薪が足りないとか言ってた気がする。少し割って持っていってやろうかと」

この男は、もしかしたらいわゆるワーカホリックなのだろうか。圭は思わず訊いた。

「なあ、それ、あんたが今すぐやらなきゃ駄目なことかっ？」

「え」

「体力に任せて無理をして、こないだみたいに具合が悪くなっても、あんたの代わりはいないんだ。それ、もうちょっと自覚しろよ。休むのだって仕事のうちだぞ！」

「ケイ……」

働きすぎの同僚をいさめるみたいにそう言ったら、マリウスが意外そうな顔をした。どうやら彼にはまったく自覚がないのだろう。そういう根っからの働き者は突然倒れたりするから、誰かがちゃんと見ていてやらないといけない。

マリウスには、今までそういう人がいなかっただろうか。

「ふふっ……」

「っ？　なんだよ、笑いごとじゃ……！」

突然吹き出すみたいにマリウスが笑ったので、わけがわからず顔を見つめる。

するとマリウスが、穏やかな笑みを見せて言った。

「わかってる。でも、嬉しくて」

「嬉しい？」

「俺にそんなふうに言ってくれたのは、おまえだけだ。なんだかまるで……、そう、本物の、伴侶のようだなと」

「な、に言って……！」

思わぬ反応に頬が熱くなる。本物の伴侶のようだなんて、なんだか女房気取りで出すぎたことを言ったみたいで、少し焦ってしまう。

でもマリウスは、そんなふうに受け取ったようではなかった。昔を懐かしむような顔で、マリウスが言う。

「昔、俺の母も、役人だった父によくそう言っていた。母は若くして亡くなってしまったが、俺は母が正しかったことを知っている。それが心から相手を思いやるがゆえの言葉だったこともだ」

「マリウス……」

「圭の言うことは正しいし、俺を思っての言葉だとわかるよ。俺はそれが、嬉しいんだ」

マリウスが言って、小さく頷く。

言葉がまっすぐに伝わったことに、圭も嬉しさを覚える。誰かとこんなふうに心を通わせ合えた瞬間の喜びは、他者と接する上で一番得がたいものだ。かりそめの番でもそれだけではないのだと感じて、胸が高鳴ってくるけれど。

（俺は、ここを去っていく身だ）

どんなに心が通じても、圭は元の世界へ帰っていく。ずっとマリウスの傍で番でいることはできないし、彼が無理をしてもいさめられない。誰かのためにしたことで、マリウスが傷ついたとしても、癒すこともできないのだ。

改めてそう思うと、心が重くなる。本当にそれでいいのかと、疑問が湧いてくる。

ここに来てからずっと、元の世界へ帰るためだけに頑張ってきたつもりだったのに、どうして今さらそんなふうに――――？

「……っ？」

マリウスが服を身につけるのを見ていたら、突然下腹部がビクンと疼き、淫紋の辺りがかあっと熱くなり始めたので、ギョッとして固まった。

まさかこんな昼間から発情かと慌てたが、どうもそうではないらしい。

恐る恐るチュニックをまくってみると。

「うわっ、なんだこれっ？」

「ケイ……？　ああ、これは！」

マリウスが圭の腹を覗き込み、目を輝かせる。

「生まれるぞ、竜が」

「ええっ？」

「紋様に少しひびが入っている。予兆はなかったか？」

そういえば朝から何か引きつるような感覚はあったが、妊婦のように腹が出てきているわけでもなかったし、まさか生まれるなんて思いもしなかった。

でも出産なんて、一体どうすれば……！

「とりあえず部屋に戻ろう。落ち着いて、横になったほうがいい」

「わ、あっ？」

マリウスが圭の体を横抱きに抱え上げ、そのまま水場を出て駆け出す。

寝室へ連れていかれ、体をベッドの上に横たえられた途端、ひびがさらに広がり、淫紋の下がぷくりとふくらんできた。

「！　ふくれた！　マリウス、腹がふくらんだぞっ？」

「ああ、そうだな。幼竜が表に出ようと移動してきたのだろう」

「出るっ？　まさかここから、そのまま出てくるのかっ？」

「そうなるな」

「えええっ！」

昔見たホラー映画を思い出して、一瞬血の気が引いた。

竜を孵すためにレシディアに飛ばされてきて、そのためにマリウスと交わってはきたが、実際にどんなふうに産むのかまでは、あまり考えないようにしていた。

竜卵が体内に入ったときだって腹に直接吸い込まれた感じだったし、女性ではないのだからいわゆる分娩ができるはずもないのだが、正直なところ痛いのは勘弁してほしいし、血を見るのもできれば遠慮したい。

でもこんな、これ以上ないほど原始的でワイルドな方法で生まれてくるなら、そのどちらも避けようがないのではっ……？

「ちょ、待ってくれっ！　まだ心の準備がっ！」

「大丈夫だよ、ケイ。心配はいらない」

「けど！　……うわわ、光ってきたっ！」

おろおろしながら見ている間に、淫紋がピキピキとひび割れるみたいになって、そこが明るく光り始めた。

ユタのお腹から卵が出てきたときと同じだ。腹の中がキュウッと収斂（しゅうれん）したと思ったら、圭の腹の皮膚が、内側からメリメリとまくれ上がるみたいに開いた。

「ひっ、は、腹に、穴がっ！」

痛みこそないが、体に穴が開くなんて恐ろしすぎる。信じられない状況にパニックに陥りそうになるけれど、マリウスは圭の手を握って静かに言った。

「何も怖がらなくていい。落ち着けよ、ケイ」

「でもっ、あ、あっ、なんか、ズルズルって！」

「ああ、ちょうど背中が出てきたところだ。なかなか上手いぞ」

褒められるようなことは何もしていないのだが、マリウスがなだめるように言って、圭の腹に開いた穴を凝視する。

ほとんど気を失いそうになりながらも、怖いもの見たさで薄目で見てみると、やがて腹の穴から、緑がかった丸い塊のようなものがゆっくりと出てきた。

「……わっ……、わぁぁ……！」

それは圭が今まで見たことのあるどんな物体にも似ていないが、確かに息づいているのがわかる、小さな生命の塊だった。

圭の目の前で、天辺にある二つのコブが左右に開き、小さいながらも竜の翼の形になっていく。

真新しい翼を使ってふわりと浮き上がると、丸まっていた手足、尾もゆっくりと広がってきた。やがて頭が持ち上がると、幼いとはいえもう完全に竜の姿だ。

頭から尾の先まで、体長は二十センチほどだろうか。爬虫類のような質感とクリーチャーみたいな造形に、おののきを隠せない。

これが自分の腹から出てきたのだと思うと、気絶しそうになるが……。

「……クゥッ！」

「っ？」

「クウゥ〜……」

ややグロテスクな姿からは想像もしなかった可愛らしい鳴き声に、まじまじと顔を見る。

すると幼竜の、鱗に覆われた頭の両側についている目がパッチリと開いて、うるうるとした大きな目に圭の顔が映り込んだ。マリウスが小声で言う。

「動くなよ、ケイ。この子は今、おまえのことを『母親』だと認識しているところだ」

「は、母親で、いいのかっ？」

「ああ、それでいい。特別な絆を繋ぐ相手だ」

マリウスが潜めた声でそう言うと、幼竜が鼻をひくひくさせて、ペタリと圭の腹の上に着地した。そうしておもむろに、穴が開いたままの圭の腹をペロペロと舐めてくる。

「う、わっ、ちょ、く、くすぐったいっ、あはっ、あはっ」

小さな舌で舐められるととんでもなくくすぐったくて、腹をよじってしまったが、それに応えるみたいに圭の皮膚は徐々に元通りになり、やがて色が薄くなった淫紋だけが表面に残った。

マリウスがふう、と安堵したみたいなため息をつく。

「よし、閉じた。よかった、これでもう安心だ。おまえは無事に竜を孵したぞ、ケイ！」

「お、おう」

なんだかわけがわからぬまま産んでしまったが、そう言われると成し遂げたのだと感慨がある。

恐る恐る手を伸ばして、幼竜の腹に指で触れてみると。

「……あ……、柔ら、かいぞ？」

鱗状の見た目だが、まだ皮膚が薄いのか、幼竜の腹はふわふわと柔らかかった。

短い手足の先の鉤爪も人間の赤ん坊のそれのようで、とても小さい。

顎(あご)の下の辺りを指先で撫(な)でてやると、気持ちがいいのか、大きな目を細めて両手で圭の手にしがみついてきた。

圭の胸に、何やらじんわりとした喜びがひたひたと押し寄せてくる。

「……可愛い、な、おまえ？」

「クゥ？」

「うん。凄く、可愛いよ。なんだよ、幼竜って、こんなに可愛いのかよ……！」

嬉しさと、誇らしさと、愛(いと)おしさと。

誰かにこんな感情を抱いたのは初めてだ。心の底から歓喜が湧き上がってきて、胸が震える。

「よかった……。俺なんかでいいのかなって、本当はちょっとだけ思ってたけど、おまえが無事に生まれてきてくれて、俺っ……、あ、あれっ？　なんでだ、涙が出てきたぞっ？」

知らずまなじりが濡(ぬ)れてきたから、自分でも驚いてマリウスを見ると、彼が笑みを見せて言った。

「何も心配はいらないよ、ケイ。その涙は、おまえがこの子を心から愛おしいと感じている証だ。おまえはいい『母親』になるよ」

「そ、そうなの、かな……？」

「ああ。俺が保証する」

マリウスが言って、優しく頷く。

「心と体が落ち着くまで、このまま少し休んでいるといい。この子は俺が見ているよ」

マリウスの言葉が、なんだかいつにもまして心強い。

小さな手足を動かし、翼をパタパタと揺らして部屋の中を飛び周り始めた幼竜を、圭は温かな気持ちで見上げていた。

◆　◆　◆

『あ、こら、ノア！』

『触っちゃダメだぞう〜』

『クウウ〜！』

遠くから聞こえてくる声で、圭はハッと目を覚ました。

静かな午後の寝室で、圭はいつの間にか眠っていたようだ。

傍らで一緒に寝ていたはずの竜――ノアは、一体どこに……？

「あっ、もしかしてっ……？」

厨房のほうからガシャンと何か大きな音がして、わあっと悲鳴のような声が聞こえたから、圭は慌てて起き出し、厨房へと駆けつけた。

するとミラとタオが唖然とした顔をして突っ立っていて、調理台の上に、頭からトウモロコシ粉をかぶったノアがちょこんと座っていた。状況を理解して、圭は叫んだ。

「……コラ、ノア！　いたずらしちゃダメだろ！」

「クゥ……」

「だってじゃない！　危ないからまだ入っちゃダメだって、昨日マリウスにも言われただろうっ？」

「ク、ク～」

「ちょ、下りなさい、飛ぶな！　粉が飛び散るだろ！」

圭の腹から孵って、まだひと月ほど。ノアと名づけた雌の竜は元気いっぱいだ。

人間の赤ん坊とは違ってすぐに自分で動き回れるようになったので、毎日好奇心に任せて洞窟の中のあちこちに出入りしている。圭は「母親」として朝からそれについて回っているので、午後の昼寝の時間になると疲れて一緒に寝てしまうのだ。

体力には自信があったのに、「子育て」は思いのほか疲れるものなのだと実感している。

「いや、そうじゃないだろ！　謝るなら俺じゃなくて、食事の支度を邪魔されたミラとタオに謝りなさい！」

「なあ、ケイ。そんなに叱らなくてもいいぞぅ？　ノアはまだ小さいんだから」

「タオ……、だけど！」

「ノアちゃんも反省してるみたいですよ？　ほら、しっぽがクルンて」

タオとミラがとりなす。

そこまできつく叱ったつもりはないし、ノアも特に反省しているふうではないのだが、ノアの鳴き声が、いわゆる言語としては聞こえない二人には、そう見えるのだろうか。

(まあ俺だって、なんとなくわかるってだけだけど)

竜と人間、あるいは竜人とは、いわゆる意思の疎通はほとんどできないらしい。

でも卵を孵した人間だけは、竜の言葉や意思をおおむね理解することができるようだ。

もしかしたら、それが「巫女」と呼ばれるようになったゆえんなのかもしれない。

「おや、また何かやらかしたのかな、ノアは？」

「ククウッ」

厨房の入り口にマリウスが顔を出すと、ノアが目を輝かせ、ぴゅーっとそちらに飛んでいってマリウスの翼の陰に身を隠した。

マリウスにはノアの声は聞こえないようだし、会話は一方通行になるが、ノアは圭だけでなく、マリウスのことも「親」と認識しているようで、圭に怒られると彼に甘えに行く。翼の陰からチラチラこちらを窺う姿は、わかりやすく子供らしい。

ノアの行動と圭の表情から、マリウスも何が起こったか察したらしく、苦笑しながら言う。

「ノア、厨房に入っては駄目だろう？　粉まみれだし、みんな困っているぞ？」

「クゥ？」

「いろいろと興味を持つのはいいことだが、ここには危ないものもある。おまえが怪我でもしたら、圭も俺も、みんなも哀しい。わかるか？」

「クー……」

マリウスに諭されて、ノアがやや神妙な声を発する。どうやら、今度は本当に反省しているみたいだ。やはりマリウスは竜の子育てに慣れているらしい。

あまり長引かせたくはなかったので、正直助かった。圭はため息をついて言った。

「ノア、もうしちゃ駄目だよ？」

「クウ！」

「いいお返事だ。マリウスに粉をはたいてもらってくるか？」

「クゥ～！」

ノアが翼の陰から出てきて、抱っこされようと飛び上がると、マリウスがひょいと腕に抱き、優しく頭を撫でた。ミラがふふ、と笑って言う。

「なんだか、すっかり家族みたいですね」

「か、家族？」

「お父さんとお母さんと、待望の赤ちゃん、みたいな」

「そ、そうかな」

確かに、マリウスと三人でいるとちょっと家族のような感覚になるときがあるが、改めてそう言われると少し気恥ずかしい。

小さな手で顔のトウモロコシ粉を拭うノアに、ミラがさらに言う。

「ノアちゃん、こういう仕草が可愛いんですよね。竜の赤ちゃんて、こんなに可愛いんですねえ！」

それも確かにそう思う。自分が産んだからというだけでなく、とても愛くるしい生き物だと思うし、正直だいぶ愛着が湧き始めているところだ。

幼竜の間は面倒を見るとマリウスは言っていたし、竜脈の弱い下界では独り立ちまで時間が必要だという話もしていたから、しばらく手がかかるのかもしれない。

こうなるとなんだか、もう少し見守ってやりたいような気も……。

「ノアはとても可愛いよ。でも、だからこそちゃんと生かしてやりたい。竜らしい生き方をさせてやりたい。俺はそう思うよ」

　マリウスが言って、ノアの背中を撫でながら続ける。

「そういえば、ケイ。次の『白い月の夜明け』だが、どうやら二週間後にあるらしいぞ」

「えっ！」

「昨晩の星の位置からの概算で、これから正確な暦を確認してみるが、ずれても恐らく一日か二日だろう」

「そう、なのか……？」

　いきなり告げられたその日が、あまりにも直近だったので驚いた。

　ユタが言っていた「白い月の夜明け」。

　ここへ来たときのようにその日に月に「落ちて」いけば、元の世界に帰れるらしい。

　無事竜も孵したので、圭も元の世界に帰ることを考え始めてはいたし、間違いなくその日が来るのだとわかれば、やはり嬉しい。

　――――はずなのだが。

（なんでちょっとショックなんだよ、俺は！）

　家族みたいだとか、愛着だとか。

　そういうものが思ったよりも心地よくて、この世界を去りがたく思っているのか、まだもう少し先でもと、ついそんなふうに思ってしまう。まさかそう感じるなんて思ってもみなかったので、自分でも少しばかり驚く。

でも「白い月の夜明け」は不定期に起こるようだし、今度をのがすとその次はいつになるかわからない。あまり引き伸ばしてしまっても、昔話の浦島太郎のように馴染めなくて困る可能性があるだろう。名残惜しい気持ちはあるが、やはり帰ったほうがいいのは確かで……。

「ケイさん、いよいよ帰っちゃうんすねっ？」

話を聞いていたのか、厨房の入り口からジェイが入ってきて、ひどく真剣な顔で言う。

「じゃあ俺、今ここで勇気出すっす！　ケイさんにもノアにも、見ててほしいから！」

「ジェイ……？　勇気って？　見ててほしいって、何を……？」

何か思いつめたみたいな顔のジェイが、いつものように小さな花束を手にズンズンとミラのほうへと歩いていったので、一体なんの話かと首を捻る。

ジェイがミラの前で屈み、花束を差し出しておもむろに告げる。

「ミラ……、俺は、おまえが好きだ！」

「ジェイっ……？」

「俺の翼は小さいけど、これからは俺が、おまえのなくした翼の代わりになる。どうか俺と、結婚してくれ！」

いきなりのプロポーズに、ミラが大きく目を見開く。

そういう勇気かと驚き、思わずマリウスと顔を見合わせた。タオはまだ状況がよくわからないのか、キョトンとしている。日頃の様子を見る限り、ジェイの恋が成就するかどうかは五分五分、という雰囲気だったが――。

「……はい」

「っ！」

「私で、いいのなら……、ジェイの奥さんに、してください」

ミラが頰を赤く染めて花束を受け取る。その返事にジェイの顔も真っ赤になって……。

「……ぃ、よっしゃあああっ！　やった！　嬉しい、ミラ、大好きだああ！」

「ジェ、ジェイ、ちょっと！」

ジェイがミラを抱き締めてくるくると回る。嬉しそうな二人に、圭もなんだか顔がほころんでくる。

「そういうことなら、みんなで祝ってやらないとな」

マリウスが笑みを見せて言う。

「宴(うたげ)を開こう。ケイ、おまえのためにも」

「俺？」

「旅立ちの前に、みんなで楽しいひとときを過ごそうじゃないか」

「あっち、飲み物足りてる？」

「酒がちょっと足りないみたいだぞう」

「じゃあこれ持ってって！　子供たちのお菓子は？」

「それは足りてる」

「なくなったら言ってね！　たくさん作ったから！」

みんなが持ち寄った色とりどりのランプが揺れる、洞窟の広場。

集落のあちこちから住人が集まって、敷物を敷いて車座になり、これまた持ち寄った料理やお菓子を食べ、トウモロコシの酒やアンズのジュースで乾杯している。セシルやタオはその間を縫うように歩き、足りないものはないか訊いて回っている。

宴は至って素朴だが、和やかで楽しい雰囲気だ。住人たちはみんな温かく、誰にでも優しい。

圭がこの集落に滞在していた間、ずっとそうであったように。

（なんだか、あっという間だったな）

ジェイがミラにプロポーズした翌日。「白い月の夜明け」は、正確にはそれから十五日後の明け方になるだろうと、マリウスが教えてくれた。

準備の都合なども考え、ちょうどその前夜に、ジェイとミラの結婚のお祝いと圭のお別れ会を兼ねた宴を、広場で開いてくれることになった。

ジェイの一番の友達を自負するセシルが、そのまとめ役を買って出てくれたのだ。

「ケイさん、食べてる？　お酒もっといる？」

「十分だよ。ありがとう、セシル」

「俺はもっと飲むぜー！　くれー！」

「ジェイは飲みすぎ！　ミラは？」

「大丈夫です。ありがとう」

上座のようなものはなかったが、ジェイとミラ、そして圭は、何もしなくていいからと言われて真ん中に座っている。そしてマリウスはというと……。

「あ、戻ってきたね。二人ともやんちゃだからなあ」

セシルが微笑ましそうに言う。顔を上げると、右腕にルカ、左腕にノアを抱っこしたマリウスがこちらにやってきて、敷物に座った。

お説教されたのか、ルカはまだ少しめそそしていて、ノアはシュンとしている。圭は二人の顔を見ながら訊いた。

「二人とも、もう喧嘩しないって約束できたか？」

「クウ……」

「まあ、喧嘩も悪いことじゃない。みんなそうやってお互いのことを理解していくんだからな」

マリウスがとりなすみたいに言って、二人の額に交互にキスをする。

ルカがぎゅうっとマリウスの首にすがりつき、ノアがマリウスの腕にすりすりと頬を擦りつけるのを見て、ジェイが懐かしそうな顔で言う。

「あー、そういや、俺とミラもガキの頃はよく喧嘩してたなあ？　で、おふくろにあんなふうに仲裁されて、しばらく凹んだりしてた」

「そういえば、そうだったね」

「でもさ、俺はあの頃からミラ可愛いなあって思ってたんだぜっ？」

「ちょ、ジェイったら、そんなこと……！」

「もうちっちぇえときからホント可愛くてさ、こうやって再会できて、俺の嫁さんになってくれるとか、俺ホント幸せだよ！　ミラ大好きだよぉ～」

酔ったジェイの遠慮のないのろけに、ミラが恥ずかしそうな顔をする。セシルがたしなめるみたいに言う。

「ジェイ、嬉しいのはわかるけど、ミラ困ってるよ？　ほどほどにしときなよ？」

「なんでだよー！　こんな可愛いんだし自慢させろ！　俺の番は、誰よりも可愛い！」

（そうか。番ってことになるのか）

今さらながらそう思い至ったが、確かに結婚するということは、つまりはそういうことだ。ジェイがミラの肩を抱いて、ニコニコしながら言う。

「ミラ、俺らたぶんもう上界には住めないけど、ここで幸せになろうな？　できたら子供作って、家族でさ」

「ジェイ……」

「俺らはさ、番になるんだ。つまり家族が、でっかくなるんだ！」

そう言ってジェイが、しみじみとした顔で続ける。

「下界に来た頃、俺には元の家族がいた。けどじきに独りになって、それからマリウスに拾われて。今じゃここの集落のみんなが、俺には家族みたいなもんでさ。最近だと、マルコが来て、ケイさんが来て、ミラが来て、ノアが来て……。ケイさんとノアは旅立っちまうけど、やっぱそれでも一緒に過ごしてきたし、ずっと家族なんすよ、俺には」

ジェイが酒を飲み、周りを見回す。

「いつかバラバラになっちまうけど、大好きな奴らは、みんな家族だ。だったら、もっと増えたらもっと楽しいんじゃねえかなって、俺そう思ってて。もちろん、番になったら絶対子供が生まれるってわけじゃないし、先のことはわからねえけど、番って、そうだったらいいなって夢見るために、なるんじゃねえかなって！」

ジェイの言葉に、マリウスが笑みを見せ、セシルも小さく頷く。

圭の胸にもなんだか響いて、思わずうるっときそうになる。

好意、結婚、番、子供――。

ジェイは竜人としてのごく素朴な望みを、なんの裏もなくただ素直に心に抱いて、それを口にすることにもためらいがない。

あまりにもあっけらかんとしていて、生活の苦労とか、子供を育てる大変さなどはまだそれほど考えていないのだろうなと、そう思えなくもないが。

(そういうもの、なのかもしれないな、本当は)

結婚したいとか、番になりたいとか。

本来、それは情動や欲求と同じように、心から自然に湧いてくるものだろう。

竜を孵すために最初からかりそめの関係で、それが終わったら別れる、という圭とマリウスの関係が特殊なのだと、改めてそう気づかされる。

もちろん、事情も違うのだから比べる意味はないのだが、ジェイたちを見ていると、圭も少しだけ思ってしまう。マリウスは、これでいいのだろうかと。

(マリウスは、誰のことも一番にはしないのかな?)

みんなを愛おしく思っていると、マリウスは言っていた。

誰にでも優しく親切で、自分のことは後回しにしてでも、他者のために尽くすことをいとわないマリウス。

彼がみんなを大事に思う気持ちに偽りなどはないとわかっているが、誰もを同じように愛しているということは、誰か一人を特別な相手として想うことはないということだ。それは果たして、本当に「愛」なのだろうか。

なぜだかそんなことを思って、少しだけ心が焦れる。

たとえば圭を「好きだ」と言ってくれたその気持ちは、それ以上にはならないのか。このまま圭が元の世界に帰ってしまって、もう二度と会えなくても、マリウスはそれで平気なのだろうか、と。

（……俺は、そうだとは言い切れない）

明日の朝、圭は元の世界に帰る。

次がいつになるかわからないし、元々帰ることが第一だったのだ。その気持ちに揺らぎなどないはずなのに、どうしてかこれでいいと思い切れない。

できればもう少しノアやマリウスたちといたかったなと、そう思えて。

「セシルゥ、そろそろカボチャのパイが焼けるんじゃないかぁ？」

タオが言うと、セシルが頷いた。

「あ、そうだね。みんな、食べる？」

「欲しい欲しい！　ミラの分も頼むよ！」

「わかったよ、ジェイ。マリウスとケイさんは？」

「いただこう」

「俺も」

「はあい。じゃあみんな、ちょっと待っててね」

セシルとタオが席を外す。両腕に抱いたままのルカとノアに優しく微笑みかけるマリウスの横顔を、圭は所在なく見ていた。


「ふう、寝た寝た」

「マリウス……、悪いな、寝かしつけ任せちゃって」

「明日からは俺一人の役目だ。気にするな」

「……それは、そうだけどさ」

大人は酔い、子供たちはお腹いっぱい食べて、やがて宴はお開きになった。

子供たちを寝かせたら少し二人で話さないかとマリウスに誘われたので、圭は厨房の片づけを手伝ってから、いつもの寝室で待っていた。ノアが孵ってからは触れ合ってもいなかったし、改まって話をと言われると、なんだか不思議な感じがする。

「今夜は風向きがいい。よければ少し、外を散歩しないか？」

「え……」

「明日の朝のことも少し説明しておきたいんだ。大丈夫。何かあっても俺が守る」

マリウスが言って、誘うように手を差し出す。

思わずその手を取ると、彼が先に立って歩き出した。手を繋いで歩くなんて初めてだが、一応は外に出るのだから、何かあったら本当に守ってくれるのだろう。

お馴染みの少しひんやりした鉤爪の手に、知らず安心感を覚えながら、洞窟の出口から外に出ると――。

「……あっ……」

遠く地平の彼方、雲の向こうに、ちょうど大きな満月が昇ってきたので、思わずハッと身構える。

けれどノアを産んだあとなので、圭の体には何も起こらない。例の赤い淫紋は薄くなって腹に残っているが、もう月の出ごとに疼いたりはしないのだ。

少し小高くなっている丘に登ると、右手には「死の海」の入江とその向こうの上界の絶壁が見え、左手にはマリウスが丹精した畑が見えた。

下界の夜空は相変わらずの曇り空だが、月の光は雲越しに柔らかく大地を照らす。その美しさに、ため息が出る。

「綺麗(きれい)、だな」

「ああ、そうだな。こんな穏やかな満月の夜を迎えたのは、俺も久しぶりだよ」

マリウスが静かに言う。

圭も夜ごと発情して大変だったが、マリウスもそれに煽(あお)られ、番として圭を抱いていたのだ。こんなふうに霞(かすみ)がかかった月を二人でのんびり眺めていると、無事終わったのだとホッとする。

だがそれだけに、寂しさも募る。二人でこんな時間を過ごせるのも、今夜だけなのだ。

「月は、明日の明け方には向こう側の空に移動している」

マリウスがスッと片手を上げて、西の空を指差す。

「日の出の前、空が虹色になるひととき、おまえが暮らしていた世界への扉が開く。ユタが旅立ったのも、そのときだ」

「それが、『白い月の夜明け』……」

「そうだ。おまえは必ず元の世界へ帰れる。何も心配するな」

マリウスが力強く言う。

けれどそう言われても、やはり心から嬉しいとは思えない。夜が明けることなく、この夜の美しさがずっと続けばいいのにと、そんなことすら思ってしまう。

マリウスは善意で圭を帰そうとしてくれているのに。圭も、帰りたかったはずなのに……。

(俺は、まだ帰りたくない)

もう少しだけ、ここに残りたい。それが今の圭の本心だ。ノアを産んだことで、圭の中に家族の情のようなものが生まれてしまったのかもしれない。

でもマリウスは、ノアをいずれ森へ放すつもりだ。

マリウスによれば、下界の端のほうはもはや竜人には住めないような環境だが、そこに広がる森の向こうには別の世界が開けているらしい。

誰も見たことがないから確かなことは言えないが、本来自由な竜ならば、その世界にたどり着けるかもしれない。そしてそこでなら、レシディアのように制限されることなく、自由に繁殖もできるはずだとマリウスは言う。本当に竜のことを思うのなら、森へ放すのは正しい行いなのだろう。

だが、マリウス自身の気持ちはどうなのだろう。

彼にはジェイのように家族や、あるいはパートナーが欲しいという気持ちはないのだろうか。ほかの竜人との恋愛や、結婚の機会は、今までなかったのか。

あったとしたら、どうして圭と出会ったときは独り身だったのだろう。

そういうことも、気になり始めるとどこまでも気になってしまうが、何せ元の世界に帰ることが前提だったから、なんとなく今さら訊きづらい。

そうは言っても今しかないと思えば、逡巡(しゅんじゅん)するのは時間の無駄だ。

とにかく何か話をしよう。圭はそう思い、さりげなく訊いた。

「なあ、マリウス。巫女と番の竜人ってさ。竜を孵したあと、普通はどうするんだ？」

「？　どう、というと？」

「いやほら、上界だと、孵った竜は管理されるんだろ？　親はどうするのかなって。また別の竜の卵を抱いたりとか、するのか？」

素朴な疑問を口にすると、マリウスが少し考えてから答えた。

「そういう例は聞いたことがないな。一人の人間が孵せるのは一個体の竜卵だけだ。人間の体への負担が大きいからな」

「そうなのか？」

「だがこの世界にいる限り、竜を産んだ巫女は普通の人間よりもずっと長寿だ。だから番の竜人とは、そのまま生涯を共にすることが多い」

「添い遂げる、ってやつか？」

「そうなるかな。もちろん、寿命は図れないものではあるが」

「巫女って、そういうものなのか」

この世界で脆弱（ぜいじゃく）なはずの人間が、長寿になる。

それはもちろん竜卵を抱いたことによる体の変質なのだろうが、実際に竜を孵してみた圭の実感としては、産んだ竜を育てていくための体の変化なのではないかと思う。

巫女は竜を孵すためだけにいるのではなく、竜と共に長く生きていく存在なのではないかと感じるのだ。

(だったら、俺はここにいるべきなんじゃないのか?)

　何しろ圭は、ノアの「母親」なのだ。マリウスとはかりそめの番だったとしても、竜を孵した巫女であることに変わりはない。このレシディアという世界とも、ある意味十分すぎるほど縁を結んだといえるのではないか――――?

「なあマリウス。てことは、俺はここにいたら長生きってことだよな、元の世界に帰るよりも?」

「……それは……、まあ、そういうことになるのかもしれないな」

「じゃあ俺、ここに残ろうかな?」

「え……?」

「俺、できるだけ長生きするのが夢なんだ。ここのみんなとも親しくなれたし、ノアもまだ小さいし、ここであんたやみんなとずっと暮らしてくのも、もしかしたら悪くないかもって……、あっ? な、なんだよ、その顔は!」

　マリウスが心底意外そうな顔でこちらを凝視してきたので、慌ててしまう。そんな顔をされるほど変なことを言っただろうか……?

「……いや、すまない。おまえがそんなふうに言うなんて、思わなかったから」

　マリウスが言って、優しく微笑む。

「でも、そう言ってくれるなんて嬉しいよ。冗談でもな」

「冗談……？」

さらりと流されて、どうしてか心がズキンと痛んだ。

軽く言ってはみたが、別に冗談を言ったつもりはない。

圭がそういう選択をすることは、マリウスにとってそんなにもあり得ないことなのだろうか。だから彼には、それは冗談だとしか聞こえないのか。圭が感じているノアやマリウスやこの世界との確かな縁も、彼にとっては信じがたいものなのだろうか……？

そう思うとますます胸が痛くなって、哀しくなってくる。

でも、冗談なんかじゃない、自分はここにいたいと、圭は今、確かに思っている。

ノアや、みんなの傍に。

誰よりも、マリウスの傍に――――。

（……ああ、そうか……！　俺、マリウスのことっ……！）

胸の痛みの理由は、至極単純だった。

帰りたくない。マリウスの傍にいたい。これからもずっと。

なぜ、だなんて、もう考えなくてもわかる。

圭は、マリウスのことが好きなのだ。マリウスの言う「好き」、ではなく、それ以上の気持ちで。心から愛しい相手として、いつの間にかマリウスを想うようになっていたのだ。

自分の本当の気持ちにようやく気づいて、泣きそうになる。

(でも、マリウスはそうじゃないんだ)

番とはいってもそれはかりそめの関係、あくまで卵を孵すまでの期間限定で、だからこそ彼は冗談だと流した。そもそも圭は元の世界に帰ると決まっていたし、マリウスだってずっとそのつもりだったのだ。今さら彼を好きだと気づいたって、どうしようも……。

「……不思議だな」

「……?」

「冗談だとわかっていても、今夜はなんだか、おまえのその言葉にすがりたい気分だ」

泣きそうなのを誤魔化(ごまか)そうと必死になっていたら、マリウスがさりげない口調でそんなふうに言ったので、思わず横顔を凝視した。マリウスがさらに言う。

「すまない。帰っていくおまえに言うことではないな。でも俺は、おまえには感謝しても し尽くせない。おまえが来てくれて、俺は救われたんだ」

「っ……?」

思わぬ言葉に驚く。救われただなんて、一体どういう意味だろう。

少々混乱を覚えていると、マリウスがこちらに顔を向けて見つめ、そっと体を抱き締めてきた。穏やかな声音で、マリウスが告げる。

「俺は、ずっと独りで生きていくつもりだった。だがおまえのおかげで、俺も親になる気持ちを味わうことができた。俺はとても、幸福だったよ」

「マリ、ウス……？」

「ユタの最期の願いを聞いてくれて……、俺の前に現れてくれて、感謝している。かりそめでも、おまえと番になれてよかった。本当にありがとう、ケイ」

温かい言葉と、体を抱く手の親密な優しさ。マリウスがそう思ってくれていたなんて、こちらこそ嬉しい。すがってくれたって全然かまわないのにと、そう思う。

けれど彼の言葉からは、それを拒絶するみたいな、何かひんやりと悲壮な思いが感じられた。

――――『ずっと独りで生きていくつもりだった』。

彼を慕う竜人たち、大切に思っている者たちに囲まれて、みんなのために尽くしてきたマリウスなのに、どうしてそんな哀しいことを言うのだろう。

圭は顔を上げ、マリウスを見つめて訊いた。

「マリウス、独りで生きてくって、どういうことだ？　なんでそんなことを……？」

「言葉のとおりだよ。俺は生涯の伴侶としての番を得ることはできない。それは俺には、過ぎた望みだ」

「過ぎた望みって……、どうしてそんなこと言うんだよ？　あんたはいい奴だし、みんなも慕ってる。まさか、その見てくれのせいだとか言うんじゃないだろうな？」

マリウスが「邪竜」と呼ばれるゆえんである、紫がかった黒い模様。

ミラが初めてここに来たときに恐れおののいたのを見るまで、圭はそれが禁忌の対象であるらしいことを忘れていた。この集落に住む者は誰も気にしていないそれを、マリウス自身が気にしているとも思えなかったが、ほかに理由も思いつかなかった。

するとマリウスが、薄く微笑んで答えた。

「見てくれだけの話ならむしろ些事だが、まあこれも、俺が番を得ることができない理由の一つではあるな」

「だけど、害はないって」

「周りにはな。だが俺自身には致命的だ。こうなったわけも含めて、今まで誰にも話したことはないが……、そうだな、去っていくおまえにだけは、少し話しておこうか」

マリウスが、淡々とした口調で言う。

「もう、二百年も前のことだ。俺は父殺しの罪で右の翼を切断され、この下界に落とされた」

「……父、殺し……？　あんた、父親を殺したのか？　どうしてっ？」

「悪いが、詳細については話せない。だから傷のことだけを話すよ」

やんわりと追及をかわして、マリウスが言葉を続ける。

「竜人が翼を失い下界に落ちるのは、最大の不幸であり不名誉であり、恥辱でもある。そして切断した翼を清水の中で保存しておけば傷が乾かず、やがて『死の海』の毒素のせいで体にそれとわかる模様ができる。罪人は死ぬまで罪人であることをさらし続け、己が罪と向き合わざるを得ない。これはそういう、刑罰なんだ」

　マリウスがよどみなく言って、さらりと続ける。

「この模様自体には確かに害はない。だが毒は体の内部を蝕む。俺はいずれ正気を失い、悪しき竜人となり果てるのだろう。それこそが、人々が恐れる『邪竜』の正体なんだ」

「……！」

「だからそうなる前に、この集落を任せられる若い竜人をきちんと育てて、俺もここを去らねばならない。そうしなければ、みんなを守れないからな」

　立て続けに告げられた言葉があまりにも衝撃的で、言葉を失った。

　いつも優しく穏やかで、みんなに慕われているマリウス。

　彼にそんな過去があり、またそんな未来が待っているなんて、本人の口から聞かされた言葉なのにまったく信じられない。圭はうろたえて訊ねた。

「そんな、ことって……、あんたはそれを、ただ待っているしかないのか？　毒を止める方法とか、ないのかよっ？」

「さあ、どうだろうな。翼を取り戻せば傷は塞がるが、毒が消えるわけではないだろう。まあ、俺は自分の一族を俺の代で終わりにするつもりだから、どちらでもいいのだが」

「なんで……？　一体どうして、そんなことまで……？」

食い下がろうとした、そのとき。

遠くから名を呼ばれた気がしたから、圭はハッと耳をそばだてた。

だがマリウスには聞こえなかったようで、怪訝そうな顔をする。

「……どうかしたか、ケイ？」

「呼ばれた。……ほら、また。ノアの声だ！」

「ノア？　あの子なら、さっき子供部屋でみんなと眠って……」

言いかけて、マリウスが口をつぐむ。

今度はマリウスにも鳴き声が聞こえたみたいだ。顔を見合わせ、どこから聞こえたのだろうと二人で辺りを見回すと――。

「……あそこだ！」

マリウスが指し示したのは、「死の海」側の出口から出て砂浜のほうへと向かう、なだらかな坂だ。雲越しの月明かりの下を誰かが水辺のほうへと走っている。ノアはその腕に抱かれているようだ。

マリウスが左の翼を大きく広げて叫ぶ。

「おい、待て！　ノアをどこに連れていくつもりだ、ミラ！」

「ミラだってっ？」

遠すぎて圭にはわからなかったが、よく見てみると、ノアを抱いて走っているのは片翼の竜人だ。酔い潰れたジェイを介抱すると言って寝室へ行ったはずだが、本当にミラなのだろうか。どうしてミラが、ノアを……？

「おまえはここにいろ、ケイ」

「けど！」

「俺が連れ戻してくる！」

マリウスが言って、左の翼を動かして飛び上がり、浜へと下りていく。でも、ここで黙って見てなんていられない。転げそうになりながら、圭も走って丘を下っていくと。

（あれは……！）

ノアを抱えているのがミラだと目視できたところで、「死の海」の上空に大きな竜人が数体飛んでいるのが見えたから、慌てて木の陰に隠れた。

慎重に様子を窺うと、竜人たちが手に槍のようなものを持っているのが確認できた。先日畑にやってきた竜人兵だろうか。

息を潜めていると、そのうちの一体がミラの元に舞い降りた。クウッとノアが鳴く声が聞こえたので目を凝らすと、竜人兵がミラごとノアを抱きかかえてまた飛び上がった。

どうやら、二人を連れ去ろうとしているようだ。

「待て！　ノアを放せ！」

思わず木の陰から飛び出した瞬間、マリウスが取り返そうと飛びかかった。

だが横合いから二人の竜人兵に阻まれ、バランスを崩して浜に落ちてしまう。それでもなんとか追いすがろうと、もう一度飛び上がるが……。

「っ！」

マリウスに何かがドッとぶつかってきて、彼が砂浜に墜落した。

激しく舞い上がった砂塵が収まると、砂浜に屈みこんだマリウスの目の前に、大きく翼を広げたリュシアンが立っているのが見えた。

「抵抗するな、マリウス。左の翼も切り落とされたいか」

リュシアンは長い剣を持っており、マリウスの片翼に狙いを定めて構えているようだ。

その気迫に、圭も立ちすくんでしまう。

リュシアンがマリウスに剣の切っ先を向けたまま、こちらに顔を向けて言う。

「きみが、先日の『赤い月の夜』にこちらへ来た人間だな？　竜を孵した巫女はきみだと聞いたが、本当か？」

たぶん、ミラから聞いていたのだろう。否定したところで意味はなさそうだ。

圭がおずおずと頷くと、マリウスが竜人兵に抱きかかえられたミラを見上げて、哀しげな声で言った。

「ミラ……、どうしてこんなことを？」

「……ごめんなさい、マリウス」

　ミラが言って、涙声で続ける。

「翼を、元通りにしてやるって、そう言われたからっ……」

「翼を……？」

「下界で、竜か人間を見かけたら、連れてくれれば再建手術を受けさせてやるって。だから……、本当に、ごめんなさい……！」

「おまえたちは先に行け。マリウスと人間は私が処理する」

　リュシアンが振り返りもせずに、竜人兵たちに命じる。

「死の海」を軽々と飛び越えていく竜人兵たちの、力強い翼が恨めしい。

　下界の竜人の貧弱な翼では、上界まで飛ぶことができない。連れていかれてしまっては簡単には取り戻すことはできないだろう。あまりに呆気(あっけ)ない出来事に、茫然(ぼうぜん)としてしまう。

　リュシアンがマリウスを見据え、冷たく告げる。

「マリウス。おまえは竜とそこの人間を匿(かくま)っていたことを、私に黙っていたのだな？　重大な報告義務違反だぞ」

「……そうだな。申し開きもないよ、リュシアン」

「素直に認めるとは殊勝なことだ。ほかにも私に話すべきことを黙っているのなら、今すぐ告げたほうが身のためだぞ？」

「はは。剣を向けてそう言われると、さすがに怖いな」

マリウスが軽く言うが、リュシアンは表情を変えない。

今にも剣を振るいそうで、見ているこちらまで怖くなってくる。

圭は怯えながらも訊いた。

「なあ、あんた！　ノアを……、あの子を、どうするつもりなんだっ？」

「竜は保護するのがこの世界の決まりだ。そのとおりにするだけだよ」

リュシアンが言って、小首を傾げる。

「だが、解せないな。少なくともここ数百年、保護区の竜が卵を産んだという記録はない。一体きみはどうやって卵を孕み、孵したのだ？」

まるで独りごちるような、リュシアンの問いかけ。

圭が孵した竜卵が、ユタが持ち出したものだということを、どうやらリュシアンは知らないようだ。それどころか卵が産まれていたことすら知らないらしい。

マリウスが薄い笑みを見せて言う。

「記録はないが、竜が生まれた以上、竜卵は存在していた。おまけに巫女は、異世界から来た人間だった……。混乱して当然だな。だがおまえは頭のいい奴だ。もう答えは出てるんじゃないのか？」

マリウスの言葉に、リュシアンがキュッと眉根を寄せる。

「私は一介の役人だ。もしそうだとしても、おまえにそれを話すことはできない」

「そう言うだろうと思ったよ。ケイのことも、上界へ連れていくつもりなんだろう？」

「それが決まりだからな」

リュシアンが淡々と答える。

まるで取りつく島もない。マリウスがふう、とため息をついて、ゆっくりと立ち上がる。

「ユタは死んだよ、リュシアン」

「……なんだとっ？」

「竜宮から遁走したあの子を密かに見つけ出すよう、上から命じられているんだろう？でも、おまえがその任を全うすることは不可能だ。ユタは異世界で死んだ。温めていた竜卵を、ケイに託してな」

リュシアンが眼鏡の向こうの目を見開く。注意深くマリウスを見据えながら、リュシアンが訊ねる。

「……それは事実か、マリウス？」

「ああ、そうだよ」

「待て、だとしたら、あの竜の卵を産んだのは『女王』ということになる。そんなことはあり得ない。そんな記録はどこにも……！」

「信じる信じないはおまえ次第だが、いずれにせよ、ケイを上界に連れていかせるわけにはいかない。たとえ彼が、あの子の『母親』でもな……！」

「なっ……？　ううっ！」

マリウスがいきなり、拳の中に握り締めていた砂をリュシアンに投げつけて、怯んだすきに距離を詰めて彼の手から剣を奪う。

リュシアンが翼を広げて後方に引くと、マリウスも左の片翼を大きく広げた。

飛びかかって斬りつけるつもりなのかと、一瞬ギョッとしたけれど。

「明日の朝だ、リュシアン！」

「何っ？」

「ケイは明日の朝、『白い月の夜明け』に元の世界に帰る。昔のよしみで、見逃してやってくれないか！」

「何を言って……！　そんな交渉は無駄だマリウス！　ただでさえおまえは、すでに多くの禁を犯しているんだぞ！」

「わかってるさ。でもユタは行方不明のままで、ケイは俺が逃がしたことにしてほしいんだ！　もちろんタダでとは言わん。おまえだって、上に戻るのには手土産がいるだろうからな！」

マリウスがそう言って、やおら剣を頭の上に掲げた。

するとどうしてかリュシアンがハッと息をのみ、怒気を孕んだ声で叫んだ。

「マリウス、よせ！　そんなものになんの価値もない！」

「はは、そう言われると哀しいなあ。俺にはもう、ほかに何もないのに」

「おまえは、また同じことを繰り返すつもりか！　おまえの父君も、ユタも、誰もそんなことは望んでいないはずだ！」

「かもしれないな。でも、大切な人を守るためなら、俺の翼など安いものだ。気にせず持っていけ、リュシアン！」

「……マリウスっ？　あんた、何をっ……！」

ただならぬ緊迫感に、思わず声を出したその刹那。

マリウスが手にした剣をひらりと一閃した。

ぱあっと鮮血が飛び散って、マリウスの左の翼がドッと重い音を立てて砂の上に落ちる。

彼が自ら翼を切り落としたのだと気づいて、血の気が引いていく。

「マリウスッ！　なんてこと、してッ……！」

砂の上にくずおれたマリウスに駆け寄ると、彼にギュッと体を抱き締められた。

痛みのためなのか震える声で、マリウスが告げる。

「必ず帰すと、約束した。俺はユタの遺志を、継がなければ……！」

「マリウス、しゃべるな！　翼をっ！」

「いいんだ！　おまえを帰すためだ！」

分かたれた翼を元に戻そうと手を伸ばしたら、マリウスが強く拒絶の声を発した。

苦しげにリュシアンを見上げて、マリウスが促す。

「頼む、どうか行ってくれ。ユタの名誉を、守るためにも……！」

そう言うと、リュシアンがスッと翼をたたみ、砂浜の上に下りてきた。そのままこちらに近づいてきて、圭を抱き締めるマリウスをどこか哀しげな目をして見下ろす。

「……まったく愚かだな、マリウス。おまえは本当に、どうしようもない愚か者だっ」

リュシアンの声は、まだ怒気を孕んでいた。

だがマリウスの意思をくんだのか、彼がゆっくりとマリウスの大きな翼を拾い上げる。

マリウスが剣の柄を逆手に持ち替えて差し出すと、リュシアンは血まみれの剣をつかみ、そのまま鞘に収めた。

「ケイ、といったか。ユタとマリウスに、よくよく感謝するといい。離ればなれになろうとも決して消えることのなかった、二人の愛にな」

リュシアンが言い捨てて、翼を広げて飛び上がる。

圭は何もできぬまま、彼がマリウスの翼を手に去っていくのを見送るしかなかった。

「タオ、手拭いもっと持ってきて！　軟膏も足りない！」

「でもセシル、これしかなかったぞぉ？」

「ルオ爺さんのとこに行けばあるはずだ。あの人、傷の手当て上手だし、寝てるかもしれないけど起こして連れてこよう。ジェイはっ？」

「あっちで泣いてる。きっとミラは騙されて、いいように使われたんだあ、って」

「もう……。気持ちはわかるけど、そういうのはあとにしてほしいな！」

セシルが嘆いて、傍にいた竜人に呼びに行かせる。見慣れた寝室が、まるで野戦病院みたいだ。

あのあと、マリウスをなんとか洞窟に運び込み、セシルやほかの竜人たちの手も借りて寝室に連れていくと、彼はそのまま気を失ってしまった。

背中の傷は鋭利に切れているのに、圧迫しても血が止まらない。いずれは右の傷のように止まるのだろうが、痛々しくてこちらまで苦しくなる。

「なあ、俺にもなんか手伝えることないかっ？」

たまらず訊ねたが、セシルは手を振って言った。

「ケイさんはいいよ。夜明けまで時間ないし、元の世界に帰ることだけ考えてて！」

「だけど、俺のせいだし……！」

ノアを連れていかれたことはもちろん悔しい。

でもそれと同じくらい、マリウスが自分のためにあんなことをしたのがショックだった。

あのとき飛び出さなければ、あるいは自らリュシアンに「保護」されていれば、彼は翼を失わなかったかもしれない。

そう思うと、自分の浅はかな行動が悔やまれて仕方がない。このまま元の世界に帰るなんて、なんだか見捨てていくようで……。

「マリウスは、そんなこと思う人じゃない。自分のせいだなんて思っちゃダメだよ」

「セシル……」

「みんな、マリウスの過去はよく知らないけど、右の翼を失ったのも大切な人を守るためだったたって話だ。マリウスはそういう人なんだよ」

「大切な、人を……？」

父殺しの罪で右の翼を切断されたと、彼はそう言っていた。

詳細は話せないと言っていたその出来事に、何か深いわけがありそうだとは思ったが、もしかして何か事情があったのだろうか。

「セシル、爺さん来てくれたぞ！」

若い竜人の一人が、ルオと呼ばれている高齢の竜人を連れてきて声をかける。

セシルが場所を開けると、ルオ老人が横たわるマリウスの傍までやってきた。

「どれどれ……、ほお、こりゃまた思い切ったことじゃな」

マリウスの傷を見て、ルオ老人が言う。

前に聞いた話では、ルオ老人は若い頃は狩人で、集落の医者代わりもしていたらしい。持ってきた小ぶりな甕に入った軟膏を、マリウスの傷にたっぷりと盛り上げ、そこに何かの葉を重ねて貼りつける。年老いてだいぶ腰が曲がっているが、手つきは確かだ。

「右のほうも相変わらずじゃのう。普通なら百年と経たずに音を上げとるぞ、こんな傷」

「ルオさん……、マリウスと、長いんですか？」

「ふむ、かれこれ百八十年ばかりかのう？　昔は時折傷が痛むと言っておったが、最近はそんな弱音も聞いておらんかったな」

ルオ老人が言って、右の傷にも丁寧に軟膏を塗っていく。

「この傷も、まあ名誉の負傷というやつじゃな」

「……？　どういうことです？」

「マリウスにはな、その昔、上界の竜宮に仕える人間の許嫁がおったのだそうだ」

「許嫁っ？」

「あ、それ、ちょっとだけ知ってる」

ルオ老人を手伝いながら、セシルが言う。

「何かの事情でその人と番にはなれなかったけど、マリウスが右の翼を切られたのは、その人を守るためだったらしい。さっき大切な人って言ったのは、その人のことだよ」

「マリウスは、そういう男なんじゃや。わしらはすっかりそれに甘えて、無理ばかりさせせとったのかもしれんなぁ」

『大切な人を守るためなら、俺の翼など安いもの』

先ほどマリウスはそう言っていた。かりそめの番の自分のことをそこまで思うものかと、少しばかり疑問だったが、それで謎（なぞ）が解けた。

マリウスが右の翼を失ってまで守った、人間の許嫁。

事情はわからないが、リュシアンの言ったことも考えると、それは間違いなくユタのことだろう。そして今度は圭を帰すために左の翼まで失ったが、ユタの名誉を守るためにと言っていた。マリウスの言動は、恐らく圭を助けたいということ以上に、ユタのためのものなのだ。

マリウスは何度か、彼女の遺志を継ぐとも言っていた。圭の番になり、竜卵を孵そうとしたのも、その意思が強く働いたがゆえのことだろう。だからこそ、圭を元の世界に帰すことにも強い使命感を持っている。

すべてがユタの遺志だからと、そう考えているのではないか。

（もしかしてマリウスの一番は、ずっとあの子だったのか……？）

誰にでも分け隔てなく、心から愛おしみ、惜しみなく尽くすマリウス。

でもそれは、心の中にずっと揺らぐことなく、ただ一人の想い人がいたからこそできたことなのではないだろうか。圭や、ほかのみんなに対する「好きだ」という気持ちよりもずっと強い想いを、マリウスはユタに対して抱いているのではないか。

今までも、そしてこれからも――。

「ともかく、ケイさんは明け方まで休んでて。マリウスの看病はみんなでするから」

「セシル、だけど……！」

「マリウスは翼と引き換えにしてまであんたを庇ったんだ。だから集落のみんなで、あんたを元の世界に帰す。みんなの気持ちを受け取って、ケイさん」

セシルにそう言われ、それ以上何も言えなくなる。

圭は意識のないマリウスを一瞥して、黙って部屋を出ていった。


「……くそう、何もできないのかよ、俺はっ」

独りきりの会堂で、圭はむなしい気持ちを吐き出した。不甲斐なさでどうにかなりそうだ。

大事なノアを上界に連れ去られ、マリウスには翼を失わせてしまった。なのに自分は何もできず、明け方が来たら元の世界に戻る。

それをただじっと待っているだけだなんて、こんなにも無為なことがあるだろうか。マリウスと話もできないまま、永遠に離ればなれになってしまうなんて――。

（これで終わりなんて、嫌だ）

かりそめの番の相手であるマリウスに、自分が「好き」以上の気持ちを抱いていること。元の世界に帰る段になって、ようやくそれを自覚したというのに、気持ちを伝えるどころか呆気なく失恋してしまった。

それは仕方のないことだが、かりそめとはいえ番だったのだ。

過去に何があったのかも、ユタへの想いも、できればマリウス自身から聞きたかったし、そういうことを話せるような間柄でありたかったというのが、圭の率直な気持ちだ。

でも、帰っていく圭の心を煩（わずら）わせたくない、余計な心配をかけたくないとマリウスが思い、あえてそういう話をしなかったのであろうことも、容易に想像できる。

マリウスはいつも誰かのためを思い、自己犠牲をいとわない男で、そういう男だからこそ、圭は男でありながらも彼に惹（ひ）かれていったのだ。

圭がこのまま無事に元の世界に帰ることを、マリウスが誰よりも願っているのはわかっているが、ノアのことも心配だし、こんな気持ちのまま帰ったところで、元の生活を送れるなんてとても思えなくて……。

『うわぁ！』

『ちょっ、危ない！　入り口塞いで、早く！』

「っ？」

マリウスが寝ている寝室のほうが何やら急に騒がしくなったから、圭は慌てて起き上がった。危ないって、一体何が……？

「……うぅっ！」

立ち上がろうとした途端、腹部が熱くなったので、思わず腹を抱えてうずくまった。

突然どうしたのだろう。腹の中というより、皮膚の表面がなんだかチリチリと痛い。

恐る恐る服をめくってみると、例の淫紋の痕（あと）が、ヒクヒクと痙攣（けいれん）するみたいに震え動いていた。ノアを孵したあと色が薄くなって、ほとんど消えかけたボディペイントみたいになっていたのに、どうしていきなりこんなふうになっているのだろう。

『ウォオゥ……！』

「う、わ！　な、なんだ、これはっ！」

獣の遠吠（とおぼ）えみたいな声が届いた瞬間、電気が走ったみたいに圭の淫紋がビリビリと振動した。声に反応したみたいだが、今の声は、まさか……？

「……マリウス……？」

なぜだかひどく胸騒ぎがする。

腹を庇いながら会堂を出て歩いていくと、寝室へと続く廊下に何人も竜人がいて、隣室から持ち出してきた家具や長椅子（いす）で入り口を塞いでいるのが見えた。

その隙間（すきま）から、ドン、とか、ピシャッ、とか、強く何かを打ちつけるみたいな激しい音と、低い唸(うな)り声が聞こえてくる。

「……痛ってぇ」

「ジェイ、大丈夫っ？」

「おお。けどマリウス、どうしちまったんだっ？」

「あんなの、見たことないよね」

入り口の脇(わき)でしゃがみ込んでいるジェイにセシルが手拭いを渡して、戸惑(とまど)った様子で言う。ジェイが額から血を流していたから、圭は驚いて駆け寄った。

「ジェイ、どうしたんだそれっ？」

「ケイさん……、なんか、マリウスがおかしいんす！　目覚めたら急に暴れ出したから、落ち着かせようとしたら突き飛ばされて！」

「マリウスが、そんなことを……？」

温厚なマリウスが暴れるなんてとても信じられないが、部屋からまたドンと音がして、洞窟の天井からぱらぱらと土が落ちてきた。土壁は頑丈だし、崩れはしないだろうが、あの巨軀(きょく)が暴れていたらこの集落に止められる者はいないだろう。

バリケードみたいに置かれた家具の隙間から中を覗いてみるが、部屋への廊下が湾曲しているせいで中が見えない。一体何が起こっているのか。

『ウォウウ……！』

「うわ、また……！」

マリウスがひと際大きく声を上げると、腹の淫紋がまたチリチリと痛んだ。

引きつるような絞り上げられるような、嫌な痛みだ。

でも、感じるのは物理的な痛みだけではなかった。

深い嘆き、慟哭。

マリウスの心の奥深くにしまい込まれた何か痛ましい記憶が、体に直接流れ込んでくるような感じだ。そして微かに、助けを求めて叫んでいるみたいな感覚もあって……。

(もしかして、呼んでるのか、俺を？)

番という関係がそういうものなのかはわからない。

けれど、どうしてかそんな気がする。この前、「死の海」に浸かったマリウスの苦痛を、番である圭だけが癒すことができた。自分ならなんとかできるのではないかと、確信はないがそう思えてくる。

「……っ？　ケイさんっ？　何する気っすかっ？」

「危ないよ、入ったら！」

入り口を塞ぐ家具の隙間から寝室に入ろうとしたら、ジェイとセシルに止められた。

だが自分は今こうしなければならない、そのためなら身の危険などどうでもいいと、そう感じる。圭は二人に言った。

「よくわからないけど、マリウスが呼んでる気がするんだ」

「呼んでっ……？　ケイさんをっすかっ？」

「ああ。だから、俺は行かないと」

「でもケイさん、夜明けまでもうすぐだよっ？」

「わかってる。だけど、俺だってこのままじゃ帰れないんだよ！」

もう一度、ちゃんとマリウスと向き合いたい。できるなら彼に自分の気持ちを伝えたい。

今さらながらそんな思いが募って、抑えられない。

圭は二人の制止を振り切って、家具の間から中に身を滑り込ませた。

入り口から寝室へと入っていくと。

「オォオ！」

「っ！」

マリウスが雄叫びを上げて荒れた部屋の中で暴れ、壁に何度も激しく頭を打ちつけたり、尾を振り回して鞭のように叩きつけたり、拳でガツガツと殴りつけたりしていたから、驚いて叫びそうになった。

その目は真っ赤に充血していて、眉間には深い皺が刻まれている。いくらか開いた口唇からは、地を這うような唸り声が絶え間なく発せられている。

マリウスは明らかに正気を失っているようだった。傷が二つに増え、出血や痛みで錯乱しているのだろうか。

外から連れ帰って部屋に運び込んだときに衣服を緩めたから、マリウスが今身に着けているのは包帯だけだ。隆々たる体軀は翼をなくしても力強く、竜人数人がかりでも押さえつけるのは困難だろう。

くだんの背中の傷がどうなっているのか、包帯で見えなかったが――。

「……っ？」

包帯の隙間から覗く、彼の皮膚と鱗とに広がる黒い模様が、いつにもまして濃い色になり、鬱血（うっけつ）して膨らんだようになっていたから、ギョッとして息をのんだ。

よく見てみると、肩や腕の模様の一部は腫れ上がったようになっていて、湯気か煙のようなものがゆらゆらと立ち上っている。この前、「死の海」に入ったあとも体が熱くなっていたが、今回はそれよりさらに熱を帯びているようだ。

もしや体に毒が回ってしまったのか。このまま放っておいたら本当に「邪竜」になってしまうのではないかと、激しい不安に胃が締めつけられる。

「……マリウス、大丈夫かっ？　体、苦しいのか？」

恐る恐る訊ねると、マリウスがギロリとこちらを振り返った。

その目にはいつもの彼の表情はもちろん、知性すらも見えない。模様が膨れた様子は禍々（まがまが）しく、恐れで足が震えてくる。

（でも、俺がなんとかしなきゃ。俺はマリウスの、番なんだから！）

たとえかりそめであっても、ユタの遺志でそうなっただけなのだとしても――。

圭はそう思い、ゆっくりとマリウスに近づきながら言った。

「なあ、マリウス。あんたらしくないじゃないか、こんなの。ちょっと、落ち着けよ」

「ウ、ウ……！」

「そんな顔すんなって！　あんたと俺の仲だろ？」

軽口をきいてみるが、マリウスは低く唸るばかりだ。距離を詰めるに従い、こちらをねめつけて警戒心を露わにする。

どうやら、圭のことを認識できていないようだ。毒素が脳にまで回ってしまったのか。このまま「邪竜」になってしまったら、マリウスの記憶も、人格すらも消えてしまうのだろうか。

（そんなのは、嫌だ）

もう一度マリウスと話したい。ちゃんと話して、気持ちも伝えたい。

圭は必死に呼びかけた。

「マリウス、しっかりしろ！　あんたは『邪竜』じゃないんだろっ？」

「オ、ウッ……」

「いつものあんたに戻ってくれよ。あんたはみんなの、俺の……！」

なんと告げていいか迷い、口ごもりながらも、ゆっくりとマリウスに近づく。

真っ赤な目におののきながらも、もつれた黒髪に触れようと、手を差し伸べた瞬間。

「ッ……！」

いきなり圭の視界が大きく歪み、頭と体とに鈍痛が走った。

何が起こったのかも、痛みの理由もまったくわからなかった。

左のこめかみの辺りが痛むので触れてみると、たらりと血が出ている。

目の前にいたはずのマリウスとはやけに距離が開いていて、彼がまた壁をガツガツと殴りつけているのが遠くに見える。どうやら圭は、マリウスに体を薙ぎ払われて、部屋の反対側まで吹っ飛ばされたようだ。

「……マリウス……、本当に、俺がわからないのか？」

二人で、みんなで、そしてノアと過ごした時間。短い間ではあったけれど、家族みたいで楽しかった時間。

幸福だったと言ってくれたのに、それも忘れてしまったのか。

そう思うと、哀しくて涙が出そうになる。

「ケイさん、どうしたの、大丈夫っ？」

「出るなら、隙間開けるっすよ！」

圭の身を案じているのか、バリケードの向こうからセシルとジェイが言う。「白い月の夜明け」が、迫っているのだろうか。

「グォオ、オ……！」

「っ……」

マリウスが叫ぶと、圭の腹の淫紋がまたビリビリと痛んだ。

同時に、腹の底からまた切ない感情が湧き上がる。

後悔や嘆き、罪の意識。どれもとても悲痛な感情だ。

どうしてこんなふうになるのかはわからないし、マリウスに自分が誰だか認識されているとも到底思えないが、これは間違いなくマリウスの感情だ。

彼は何かつらい感情に囚われている。明るく朗らかな性格の裏に、痛みを背負って生きてきたのかもしれない。

けれど、それはこんなふうに暴れている理由でも、圭の淫紋が震える理由でもなさそうだった。感情の噴出と狂乱は、マリウスの強健な体が毒と傷の痛みとで蝕まれているせいで、彼が本当に伝えたいと思っていることとは別だと感じる。

なぜなら、圭は確かに感じているからだ。

マリウスが圭に、助けを求めていることを――――。

(マリウスは、俺の番だ)

正気と狂気とがせめぎ合っていても、マリウスはまだちゃんとそこにいる。だったら、やはり自分が助けてやらなければ。

「俺は大丈夫だよ、セシル、ジェイ！　ここに、誰も入れないようにしといてくれ！」

圭は決然と叫んで、マリウスに向き直った。

「マリウス……、なあ、マリウス。俺を見ろよ」

圭はよろよろと立ち上がり、マリウスに声をかけた。

「俺はあんたの、番だろ？　ほら、その印も、あるぞ？」

腹紐（はらひも）をほどいてチュニックを脱ぎ捨て、腹の淫紋を露わにすると、マリウスがこちらを見やり、唸りながら目を細めた。視線が交錯し、マリウスが思案気に首を傾げたから、やっとこちらを認識してくれたかと、安堵しかけたが――――。

「ぐっ……！」

マリウスが床を蹴（け）って飛びかかってきて、床に背中から叩きつけられて組み伏せられたから、痛みで呻（うめ）いた。

圭に圧（の）し掛かるマリウスの体は熱を発していて、息も荒い。こちらを見下ろす目は赤く濁っていて、異形の魔物そのものだ。

圭の体を押さえつける彼の手の大きさ、皮膚に微かに食い込む鉤爪の硬さ、大きな体の重量感。初めて出会ったとき以来、マリウスを恐ろしいと思ったことはないが、正直今は怖い。体がぶるぶると震えて、叫び出しそうだ。

でも、少なくとも反応は示した。どうか正気を取り戻してほしいと、祈るみたいに顔を見つめていると、マリウスがクン、と圭の匂いを嗅ぎ、こめかみの傷に目を留めた。

そうしてゆっくりと顔を近づけ、流れる血を舌で舐めてくる。

もしや、淫紋ではなくこれに反応したのだろうか。

「フ、ォ、オ……！」

「……！」

マリウスがグッと身を強張らせ、いくらかトーンの高い声で唸る。

様子が何か少し変わったと気づいたその途端、彼の下腹部のスリットから雄々しい熱杭が勃ち上がってきたから、驚いて息をのんだ。まさか圭の血で興奮したのか。

「……やっ、マリウス、よせ！」

腰布を勢いよく剝ぎ取られ、鉤爪の手でがっちりと足首をつかまれて、本能的な恐怖で冷や汗が出た。

床を背中で這って逃れようともがいたけれど、ズルズルと引き戻され、肢を大きく開かされる。膝が肩につくほど体を折られ、後孔を曝け出されて、全身が総毛立つ。

「マリウス、やめてくれっ、ぁあっ、あぁ――――」

むき出しの後孔を屹立で穿たれ、悲鳴を上げた。

準備もなしに雄を繋がれたのは、これが初めてだ。肉杭をぐいぐいとねじ込まれる苦痛に、頭が真っ白になる。そのまま内腔を擦り立てられ、腹の奥底まで容赦なく楔(くさび)を突き立てられて、まともに息もできなくなる。

「マ、リ、ウスッ、や、めっ、こんな、こと……！」

切れ切れに拒絶の言葉を吐き出すけれど、マリウスに届く気配はない。

肢を押さえる手の鉤爪が皮膚に食い込む痛みと相まって、無理やり犯されている現実を知らしめられるばかりだ。

腹を裂かれてしまいそうなほどの深い抽挿に、徐々に声を発することもできなくなるが、マリウスはかまわず腰を打ちつけてくる。

己が欲望を遂げることしか考えていない、悪鬼にでもなってしまったかのように。

「ケイさん、ケイさん、どうなってるの、大丈夫っ？」

「なあセシル、助けに行ったほうがよくないかっ？　もう、夜明けまで時間がっ……」

「……こなくていい！　こないでくれっ」

マリウスのこんな姿を二人に見せたくない。

圭は絞り出すように叫んで、マリウスを見上げながら続けた。

「こいつは、俺の、番だ！　俺が、なんとかしなきゃ……！」

そうは言っても、こんな状態で何ができるだろう。

ノアを奪われ、マリウスに翼と正気を失わせ、こうして組み伏せられて犯されている。

どこまでも無力な自分が心底哀しいけれど。

(マリウスが、俺を求めているなら……!)

マリウスが今、むき出しの本能に支配されているのだとしても、マリウスの体は彼のものだ。この巨軀の中には、マリウスの魂が宿っているはずだ。

「……なあ、マリウス。こんなの本当に、あんたらしく、ないぜ?」

痛みをこらえながら、圭は冗談めかして言った。

「ちょっと、がっつきすぎだろ。せめてキスくらい、しろっての!」

それはそれで興奮させてしまうだろうから、そうするわけにもいかない。代わりに圭はマリウスに手を差し伸べ、ぷっくりと腫れた模様を指先で優しくなぞった。

彼のたくましい胸筋を、手でぐっとつかむと——。

「っ……?」

圭の腹の淫紋がジワリと熱くなり、淡く光り出したから、思わず目を見張った。

それに呼応するみたいに、マリウスの模様もざわざわと揺れ、微かに色が薄くなる。パンパンに膨れた紋様がいくらかしぼみ、徐々に腫れが治まっていくようだ。

ギシギシと軋(きし)むようだった圭の内腔もすっと楽になり、夜ごと発情していた頃のように中が潤んで、マリウスを柔軟に受け止め始める。

まるでお互いがお互いの体を癒し合い、鎮め合っているみたいだ。

『番のいる竜人は、相手の体を抱くことでいくらか苦痛が和らぐ』

マリウスは確かそう言っていた。それは例の竜脈とやらがもたらす作用のようだった。

圭にはいまだによくわからないが、もしかしたら竜脈が二人の間を流れ始めたために、番の証の淫紋が再び動き出したのかもしれない。

陶酔なのか安堵なのか、マリウスがほう、と深いため息をつく。

「ウゥ、ォ、オ……」

「……マリ、ウス、少しは楽に、なったか……？」

マリウスの呼吸はまだ荒いが、猛(たけ)り狂うようだったその肉体が、次第に弛緩(しかん)してくるのがわかる。どうにか落ち着いてきたのだろうか。

やがてマリウスの上体がゆらゆらと揺れ出し、真っ赤に充血した目がゆっくりと閉じた。

そのまま、ドッと圭の上に倒れ込んできたから、背に腕を回して抱き止める。

すると圭の体が黄色い光を放って、マリウスを包み始めた。

「わっ？　これってユタがやってた、あれかっ……？」

初めて出会った倉庫で、竜人兵に見つからぬよう、ユタが圭を光に包んで守ってくれた「護りの光」。もしやあの能力が自分にも備わったのだろうか。

温かくて優しい光に包まれて、圭の心が安らいでいく。マリウスの息も、少しずつ緩やかになってきた。

「……ああ、こうしてると、なんだかこの世界に二人っきりになったみたいだな」

圭の胸に重なる、マリウスの厚くたくましい胸。

直に触れた肌越しに、トクトクと心拍が伝わってくる。

その力強い鼓動を感じるだけで、圭も何やら満たされる感覚があった。マリウスと自分は確かに番なのだと、腹の底からそう感じて、泣きそうになる。

「マリウス、俺、あんたと離れたくないよ」

マリウスの頭をギュッと抱き締めて、圭は言った。

「あんたが好きだよ、マリウス。あんたといられるなら、もう元の世界になんか帰れなくてもいい。あんたがユタのことだけを想っていても、ずっと一緒に、いたいよっ——

——！」

心からの想いを告げると、ぽろぽろと涙が溢れ出した。

マリウスが愛おしい。このままずっと、ここで二人きりでいられたらと、切なく胸が痛んで……。

「……、ケ、イ……？」

マリウスが頭を上げ、圭の顔を見て怪訝そうな声を出す。

その目はもう赤くはなく、緑がかった青い瞳は澄んでいる。

ようやく、正気を取り戻したみたいだ。

「どうして……、なぜ、こういうことにっ……？」

慌てた様子のマリウスは、もういつものマリウスだ。安堵したのか、なんだか気が遠くなってくる。圭はふっと一つため息をついて、ぐったりと目を閉じた。


それから三日ほど、マリウスは床に伏したままだった。

幸い「邪竜」になってしまうことはなかったものの、深い傷を負ったマリウスは、本来は起きて動き回れるような状態ではまったくなかったのだ。

痛みのためか話すのも辛そうで、意識のある間はずっと呻いていたから、ルオ老人に何度も軟膏と葉を取り換えてもらい、夜は圭が一緒に横になることで、どうにか痛みを和らげて眠らせている。新しい左の傷が右の傷と同じくらいまで治ったとしても、しばらく無理はできなさそうだった。

あの狂乱の間に「白い月の夜明け」を過ぎてしまい、結局圭は帰れなかった。

でもこんな状態のマリウスを置いてなどいけないし、彼を想う気持ちも本心だったので、何も後悔はない。傷が治るまで、看病でも添い寝でもなんでもするつもりだった。

「……ん、ん……？」

「マリウス……？　目が覚めたのか？」

あれから四日目の、昼下がり。

子供たちの面倒を見たり、マリウスがしていたことで圭にもできそうなことを代わりにこなしたりしたあと、様子を見ようと部屋を覗くと、眠っていたマリウスが身じろいだ。

あれからマリウスは、水分だけしかとれていない。傷の養生のためにもそろそろ何か食べたほうがいいのではと思っていたので、起きてくれるならちょうどいい。

ベッドに腰かけて手を伸ばし、黒い髪を優しく撫でると、マリウスの瞼(まぶた)がすうっと開いた。

「ケイ……？」

「よう、マリウス」

圭は言って、マリウスの顔を覗き込んだ。

「今日は顔色がいいな。傷の痛みはどうだ？」

「……昨日よりは、楽になった気が、する」

「そりゃよかった。何か食べたりできそうか？」

訊ねると、マリウスが少し考えてから頷き、ゆっくりと身を動かした。

「くっ……」

起き上がろうとしたようだが、まだ背中がつらいのか、途中でまた横になってしまう。

圭は気遣って言った。

「マリウス、まだ痛いんだろ？　無理しなくていいぞ？」

「……おまえ、は？」

「俺？」

「体は、大丈夫なのか……？」

　マリウスが不安げな表情で訊いて、こちらに手を伸ばしてくる。

　その手を取って両手で包むと、まだ少し熱っぽかった。

　けれど圭のほうは、こめかみの傷も無理やり犯された後孔も、淫紋が動き出したおかげなのかもうとっくによくなっていた。圭は安心させるように言った。

「俺は平気だよ、マリウス」

「……すまなかった、ケイ。正気を失って暴れて、おまえを襲うなんて」

「気にするなって」

「だが、俺のせいで『白い月の夜明け』を逃した」

「俺が望んだことだよ。言ったろ？」

　圭はマリウスの手の甲をそっと撫で、笑みを向けた。

「俺は、あんたのことを……」

「必ず、帰してやる」

「……え」

「傷が、よくなったら、次の『白い月の夜明け』を調べる。できるだけ、早くに……」

「マリウス……？」

「なんとしても、おまえを帰す。おまえと、そしてユタとの、約束だから、な」

苦しげだが、至って真剣な顔で言われて、ようやく気づく。

圭としては一世一代とも言える愛の告白をしたのだが、どうやらマリウスは覚えていないみたいだ。まだ錯乱状態だったから耳に届いていなかったのか。

一瞬、もう一度告白しようかと思ったけれど。

（マリウスは、やっぱりユタのことを……？）

あの晩感じた疑念を、結局確かめることはできていないが、こんな状態のマリウスにそれを訊ねるのも、そして自分の気持ちを伝え直すのも、今は負担でしかないだろう。

そう思うと、これ以上何か話すのもためらってしまう。

「……俺は、必ず……、おまえを……」

言いかけたマリウスの瞼が、またゆっくりと閉じていく。

まだ具合が悪そうだ。今はそっとしておこうか。

マリウスが規則的な寝息を立て始めたのを確認してから、圭は静かに部屋をあとにした。

「……お？　青空なんて、珍しいな」

その夕方のこと。

なんとなく独りになりたい気分だったので、圭はこっそり洞窟を出て、この間マリウスに連れていってもらった小高い丘まで歩いていった。

遠くに見える上界へ続く絶壁は、いつも上のほうが雲で隠れているのだが、今日は珍しく隙間から青空が見える。ほんの小さな青空だが、ここへ来て以来ほとんど目にしていなかったので、なんだかとても懐かしく感じる。

でもきっと、上界では見慣れた風景なのだろう。もしかしたらノアもあの空を見ているのだろうか。

「あ、いた！　ちょっと、ケイさん！　独りで何やってんのっ？」

「セシル……」

「ほら、こっち来て！」

洞窟への入り口のほうからセシルが手招きして、道の脇に生えている低木のほうに誘う。

慌ててそちらへ行き、隠れるように木の陰に入ると、セシルが眉を吊り上げて言った。

「日が暮れてきたからって、不用心だよっ？　上界の役人に見つかったらどうするの！」

「いや、その……、ちょっと、散歩に」

「洞窟の外が気軽に散歩できるようなところじゃないの、もう知ってるよね？」

「それはもちろん……。すまない。心配、させたか……？」

おずおずと言うと、セシルが黙ってこちらを見つめて、はあとため息をついた。

それから小さく頷いて言う。

「わかってるよ。独りになりたかったんでしょ？」

「え……」

「僕もそういうときあるし、ここ、たまにこっそり来るから。マリウスには内緒ね」

そう言ってセシルが、木の陰にある天辺が平らな岩のほうに圭を誘う。

並んで腰かけると、ちょうど木の枝の間から「死の海」が見えた。風が弱く水面は凪いでいて、とても毒の水とは思えないくらい、綺麗だ。

「ケイさん、結局帰れなかったね」

「……ああ、そうだな。でもまあ、仕方なかった。ノアを奪われて、あんなになってるマリウスまで置いて帰ってたら、あっちの世界で気になってしょうがないし」

「そう思ってくれて、感謝してる。マリウスを助けてくれてありがとう」

改めてそう言われると、痛い思いをしたことが報われるようだ。

でもノアとマリウスの翼は失われてしまった。誰にもどうしようもなかったとはいえ、ジェイにとっては、ミラも。

「ジェイは、あれからどうだ？　まだ落ち込んでいるのか？」

「さあ、どうだろ。マリウスが大変だから、俺が代わりにいろいろやるって張り切ってるけど。本心はわからないよね」

「そうか。確かに、そうだよな」

　ミラに恋をして、プロポーズまでしたのに、裏切られて去られたのだ。哀しい気持ちを抱えていないわけがないが、そんな気持ちを見せずにマリウスの代わりに頑張っているのだろう。

　あの夜、マリウスは自分はいつか「邪竜」になるから、その前にここを去らなければと言っていた。ジェイが今回のことで集落をまとめられるくらいに成長するなら、それは怪我の功名みたいなものとも言える。

　だが、マリウスがいつか去ってしまうかもしれないと知ったら、みんな動揺するのではないか。もしも圭が番としてここにいることでそのときを遅らせることができるなら、圭はそれを口実にマリウスの傍にいられるだろうか。

　彼に想いを抱いているという本心を、胸に秘めたまま――。

「まったくさぁ。ジェイってもっと、単純な奴だと思ってたのにさ。本心はどうなんだとか、そんなふうにこっちが悩むことになるなんて、思ってもみなかったよ」

「セシル……？」

「ずっと喧嘩友だちみたいにやってきたのに、ちゃっかり幼馴染に恋とかしちゃって。人の気も知らないでさ……」

「……おまえ……、もしかして、ジェイのこと……？」

思いがけぬ告白に驚くと、セシルがこちらを見つめて意味ありげに言った。

「ケイさんだって、そうでしょ？」

「えっ」

「マリウスのこと、本気で好きなんじゃない？　だから帰る機会、棒に振ったんじゃないの？」

「……！」

図星を指されて絶句する。

マリウスにした告白は、例の光の中にいたからセシルには聞こえていなかったはずだ。そもそもそのマリウスにだって届いていなかったのに、まさか見抜かれるなんて。

（でも、そのとおりだ）

マリウスへの気持ちは、あの修羅場じみた状況で突然気づいたわけではなかった。もっと前から彼に心惹かれ始めていて、だから帰ることにためらいを覚えていた。

彼がユタを想っているのではと疑っても、圭のマリウスへの想いは消えなかったのだ。

けれど、ちゃんと気持ちを伝えたらマリウスはどう思うだろうと考えると、やはり怖い。

あのときは、なんだか勢いで口走っていたが。

「好きだって、言ったんだよ、俺。マリウスが暴れてたあのとき」

「えっ、そうだったのっ？」

「でも正気に返ったら、マリウスは覚えてなかった。もう一度気持ちを伝えたかったけど、ユタの……、マリウスの昔の大切な人のことが気になったから、言えなくて。フられたらやだなって、ちょっとそう思ったのかも……」

そう言うと、セシルがどこか切なそうな顔をした。

「……そっか。その話をしたの、僕だったよね。なんか責任感じちゃうな」

「いや、セシルは悪くない、俺に勇気が足りないだけで！」

「ケイさんは勇気あるよ！　とっても強い人だ」

セシルが言って、思案げな顔をする。

「うーん、じゃあさ、いっそ二人で一緒に告白してみようか？」

「い、一緒に？」

「僕はジェイに、ケイさんはマリウスに。心から、愛しています、ってさ」

「愛、か……」

圭がマリウスを想う気持ち。マリウスの言う「好き」よりも、強い気持ち。

それは確かに「愛」と呼べるものだ。

リュシアンが言っていたユタとマリウスの「愛」に敵わなくとも、だからといって圭の感情が劣っているわけではない。

やはりもう一度気持ちを伝えたいと、そう思えてくる。

「悪くないかもな、それも」

「でしょ？　まあ、ちゃんと機会を窺わないとだけど。今はジェイもマリウスもそれどころじゃないし、ちょっと時間がかかるかもしれないけど……」

「――――つまり、それまでその人間の雄は、元いた異世界へは帰らないということだな？」

「なっ？」

頭上からいきなり抑揚のない声が降ってきたので、ギョッとして空を仰いだ。

すると洞窟の入り口の上方、硬い岩盤の上にリュシアンが立って、こちらを見下ろしているのが目に入った。一体いつの間に……！

「ケイさん、中に入ってて！　ここは僕が……！」

セシルが圭を庇おうと前に立つが、リュシアンは音もなく下りてきて、セシルの首にそっと手を当てた。

セシルが声もなくその場にくずおれたので、さぁっと血の気が引いてしまう。

「心配はいらない。気絶させただけだ。きみと話したかったのでね」

リュシアンがこともなげに言って、セシルを岩の上に横たえ、眼鏡越しにまっすぐにこちらを見据えてくる。

　下手なことはできないと、緊張して見返すと、リュシアンが微かに相貌を緩めた。

「そんなに警戒するな。今は任務で来ているのではない」

「っ？」

「マリウスの旧友として、無事を確かめに来ただけだ。奴は大丈夫なのか？」

「旧友……？」

　そういえばマリウスが昔のよしみがどうとか言っていたが、二人は友人だったのだろうか。周りを見回しても、部下を連れている様子はない。訝りつつも、圭は答えた。

「まだ起きられないけど、回復はしてる。たぶん、大丈夫だ」

「そうか。それは何よりだ」

　リュシアンがほんの少しホッとした顔を見せる。

「立場上、私からは何も言えないが、そちらにも安否が気になっている者たちがいるのなら、何も心配には及ばないとだけ言っておこう。マリウスから預かった質草もだ」

「質草って……？　……ああ、翼のことか！　ちゃんと保管してくれてるのかっ？」

　訊き返したが、リュシアンはそれに答えはしなかった。

　でもノアと、たぶんミラも、安全に保護されているということだろう。

　それを遠回しにしか伝えられないのは、彼が役人としての職務に忠実だからで、別にもったいぶっているわけではないのだと思う。圭を一度は見逃してくれたところを見ると、根は悪い男ではないのかもしれない。

（この男は、マリウスの過去を知ってるんだ）

上界にいた頃の、若き日のマリウス。

その姿を知っている者はこの下界にはいない。少しでも知っていそうなのが、このいかにも堅物そのものみたいな男だけというのは、なんとも残念な巡り合わせだ。

でも役人としてではなく、マリウスの友人としてなら、何か話してくれるのではないか。

圭はそう思い、リュシアンに訊ねた。

「なあ、あんた。旧友って言うなら、マリウスの昔のことを知ってるんだろ？　話せることだけでいい、何か教えてくれないか」

「……？　聞いてどうする？　今でなくとも、いずれは元の世界に帰るつもりなのではないのか？」

「俺はマリウスを知りたいし理解したい。この世界のことも、もっと知りたいんだ」

「それは、奴に惚れているからか？」

「ほっ、惚れてる、って、いうかっ」

恐らく先ほどの話を全部聞かれていたのだろうが、真顔で訊かれるとドキドキする。

だが、そういうことなのだ。圭はマリウスが好きで、愛していて、心から惚れている。

だからマリウスのことを知りたいし、マリウスが理想とする世界とはかけ離れたこの世界を、きちんと知りたいと思っている。

今さら、何を恥じることがあるだろう。

「……あんたの、言うとおりだな。俺はマリウスに、惚れてるんだと思う」

リュシアンを見つめて、圭は言った。

「俺は、マリウスが好きだ。彼がいつか本当に『邪竜』になってしまうんだとしても、今でもユタのことを愛してても。彼の傍にいて、集落のみんなと助け合って暮らせるなら、もう元の世界に帰れなくたっていいって、そう思ってる」

「……そうか」

リュシアンが納得したような顔をする。

「番を残して去るなど、きみはずいぶんと酷薄な人間なのだなと思っていたのだが、どうやらそうではなかったようだな」

「酷薄……？　で、でも、元の世界に戻れば番は解消されるって……」

「きみのほうはな。だが竜人が一度結んだ人間との絆は、相手が異世界へ去ったとしても消えない。竜脈に刻まれ、生涯ほかの番を見つけることはできなくなる」

「そうだったのかっ？」

そんなこととは知らなかった。そうなると知っていながら、マリウスは圭の番になったのか。この先は番を得ず、独りで生きていくつもりだと言っていたから、圭が去っていけば希望通りになると、そう考えたのだろうか。

「……ふむ、きみがまだこの世界にいたのは想定外だったが、考えようによっては悪くない状況かもしれんな」

リュシアンがそう言って、思案げな顔で続ける。

「ケイ。実はきみに、頼みがあるのだが」

「は？　あんたが俺に？」

「そうだ。どうか手を貸してほしい。竜を産んだ巫女としての、きみの力を使って」

竜を産んだ巫女としての力――――。

一瞬なんのことだろうと思ったが、それは恐らく、竜との意思疎通能力のことだろう。ノアやほかの竜との間で、通訳でもしろという話か。

即答できずにいると、リュシアンがさらに言った。

「この際だ、包み隠さず打ち明けるとだな。実のところ私は、少々今の仕事に嫌気がさしていてね」

「はっ？」

「マリウスの考えや思想を、私は役人として、ずっと理解しがたく思ってきたのだが、ノアという竜が現れたことで考えが変わったのだ。だからこの機会に見極めたいと思っている。マリウスが正しいのかどうかをな」

「で、でも！　あんたはミラを使って、あんなことさせたばかりじゃないか！」

「疑う気持ちはわかる。だがきみだって、ノアのことは気になるだろう？　それにこの世界のことをもっと知りたいと言った。何より、マリウスの今後を心配してもいるはずだ」

　リュシアンが言って、意味ありげな笑みを見せる。

「私と来てくれたら、マリウスに翼を取り戻させ、彼が『邪竜』に変わってしまう前に助けることもできるかもしれない。そう言ったら、きみはどうする？」

「……！」

　そんな甘言に乗るべきではないと、冷静な自分が言う。

　でも万に一つもその可能性があるなら、チャンスを無駄にしたくない気持ちもある。

　それにもしかしたら、ノアを取り戻すことができるかもしれないし……。

「あれぇ、ケイ？　そこで何してるんだぁ？　セシルも、こんなとこで寝てたらおかしいぞう？」

「タオ……！」

　洞窟の入り口からタオが現れ、圭と岩の上に横たわるセシルを怪訝そうに見る。リュシアンが急かすみたいに言う。

「今すぐ決めてくれ、ケイ。日が暮れてしまう」

「……っ、わかった、行くよ！」

圭は言って、タオに告げた。

「タオ、俺、ちょっと上界に行ってくるよ」

「えぇっ？」

「何も心配しなくていい。ただノアに会って、話をしてくるだけだ。マリウスのこと、頼んだぞ！」


「うわ、凄いな。夜なのに、こんなに明るいのか！」

「下界よりも竜脈が強いからな。降下するぞ」

満天の星空。そして眼下に広がるまばゆい夜景――。

リュシアンに抱えられ、彼の翼で「死の海」を越えて初めてやってきた上界の眺めは、さながら航空機から見下ろす地球の夜の風景のようだった。

竜脈の強さのせいなのか明かりの量は下界の比ではなく、台地全体を煌々と照らすおかげで、竜人たちは夜でも高度な文明活動を続けているようだ。

台地の縁をぐるりと囲う高い壁を越えて地上に降りていくと、そこにはきちんと町が形成されており、石造りの建物が整然と並んでいるのが見えた。

街路樹が植えられた通りには、仕立てられた衣服をまとった体の大きな竜人たちが闊歩していて、少し古い時代の人間の世界とよく似た雰囲気を醸し出している。

下界とは、まったく別世界だ。

（ノアは、ここにいるのか）

よくよく考えると、リュシアンにいいように誘導された気がしなくもなかった。

しかし、曲がりなりにもノアと意思疎通ができるのは「母親」である自分だけだ。

マリウスは動けないし、ノアは上界にいる。もしかしたらマリウスの翼を、そしてノアを取り返せるかもしれないのなら、罠だろうがあえて飛び込んでみるのも手ではないかと、そう考えた。

「あの、でかい建物は……？」

「あれが竜宮だ。あそこへ行く。言葉がわからぬふりをしていろ」

そう言って、リュシアンがスッと降下し、中庭のような場所に降り立つ。そのまま正面の入り口のほうへ歩き出したから、圭もあとに続いた。

槍を持った竜人兵が、ギロリとこちらを見やる。

「主任視察官のリュシアンだ。下界で保護した迷い人を連れてきた。神官殿にお目通り願いたい」

リュシアンが言うと、竜人兵は即座に答えた。

「すでに定刻で退勤されています。官舎でご会食中ではないかと……」

「神官殿の許可なく人間を保護区へ連れていくのは、規律に反する行為だ。官舎においでなら官舎まで伺うつもりだが」

「はあ。お仕事熱心なことで。ではどうぞ、お通りを」

竜人兵がいくらか面倒そうに言って、脇へ退く。

神殿ふうの建物の中へと入っていくリュシアンについていくと、中は役所の受付カウンターのようになっていたが、夜のためか閑散としていた。

「……なんか今の竜人兵、あんまりやる気がありそうには見えなかったな？」

フロアを抜け、奥へと続く廊下をついて歩きながら圭が言うと、リュシアンが小さくため息をついた。

「給金ほども働かぬ者ばかりだよ、ここは。上役も含めて、上流階層の出の者はな」

「あー、身分社会ってやつか。ミラに聞いたな。あんたはそうじゃないのか？」

「私は貧しい小作農家の出だよ。一族で官吏になったのは私だけだ。雑用係から解放されるまで、百年はかかった」

まるで昔話に出てくる根深い差別社会みたいだ。真面目(まじめ)そうなリュシアンが仕事に嫌気がさしてしまったのも、もしかしたらそんな事情が蓄積された結果だったり……？

「……？　なんだ、ここ？　ここも神殿？」

廊下を抜け、屋根つきの回廊で繋がった建物へと歩いていくと、その壮麗さに驚かされた。とても大きく、壁には美しい装飾が施されている。明かりの洩れる部屋から何か楽しげな声が聞こえてきた辺りで、リュシアンが吐き捨てるみたいに言った。

「ここが官舎だ」

「はっ？　めちゃめちゃ豪華じゃないか！」

この建物一つ見ただけでも、わかりやすい腐敗の気配をひしひしと感じる。明かりの洩れる部屋のドアをリュシアンがノックして、中が見えるように開けると。

「……！」

テーブルいっぱいに所狭しと置かれた料理の数々と酒瓶、そして大きなゴブレット。

テーブルを囲むのは、すでに酔っぱらった様子の竜人が三人、とても布の少ない衣服を着た人間の女性が、五人。会食というか、これはどう見ても、ただの宴会では……。

「……おお、リュシアン主任か。何か用かね？」

竜人の一人、でっぷりと肥えた男がいくらか呂律の怪しい声で訊いてくる。

リュシアンが抑揚のない声で言う。

「遅い時間にご無礼を、神官殿。異世界より迷い込んだ人間を保護しましたので、一応ご報告をと」

「ふむ、そうか。勤勉なことだ。どれ、その人間というのは……？」

のっそりと頭を動かして、神官がこちらを覗き見る。

その赤ら顔に明らかな落胆の色を覗かせて、神官が言う。

「……成人した雄、か。特に好みではないなぁ」

「っ？」

「まあいい。保護区に連れていって休ませればよかろう」

「承知いたしました」

圭に言葉が通じぬと思って発せられたのであろう、神官の耳を疑う言葉にも、リュシアンは淡々と返事をする。好みだったらどうだというのか。

というか、ここでコンパニオンよろしく酌をしている人間の女性は、保護されるべき存在ではないのか……？

「そうそう、例の巫女、まだ見つからんのかね？」

神官と向かい合わせに座る、これまたよく肥えた竜人が、思い出したように訊ねると、リュシアンが律儀に答えた。

「ユタ様につきましては、引き続き手を尽くしておりますが、いまだ行方知れずです」

「そうか。まったくもって、ゆゆしき事態だ」

神官が言って、困ったように首を横に振る。

だが、言うほど憂慮しているふうではなく、傍らの女性の腰をいやらしく抱き寄せながら、おざなりに言う。

「まあしかし『巫女』はほかにもいる。『女王』も、まだ千年は生きるだろう」

「左様。まだまだこの世は安泰だ。それより、もっと可愛らしく愛玩しがいのある人間はいないものかのう？　若ければ雄でもよいのだが！」

三人目の竜人が言って、下卑た笑いを洩らすと、神官と向かいの竜人も嫌な笑い声を立てた。堕落しきった様子に、なんだか腹が立ってくる。

こういう連中が、上界の豊かさを独り占めにしているのか。

「保護区への立ち入りを許可する。令状は……、まあ、特にいらんだろう。何かあればあとから報告書をよこすがよい」

神官がぞんざいに命じて、立ち去るよう手を振る。

リュシアンが一礼してドアを閉めるまで、圭は神官たちを凝視していた。

「まあ、そう怒るな」

竜宮のさらに奥へと進む道すがら、神官たちの様子にすっかり憤慨してしまった圭に、リュシアンがおかしそうに言う。

「あの程度で、そこまで義憤に駆られることもあるまい？」

「だってあまりにもひどいだろ！　あんなのが上界の高官だなんて！」

「名誉職なのだ、神官は。連中は上がってきた書類に判を押すくらいしかやることもない。だが、一応は許可を得た。先を急ごう」

そう言ってリュシアンが、廊下を進んでいく。

突き当たりには大きな扉があり、二人の竜人兵がこちらを見やる。

「人間を保護区へ連れていく。神官殿には許可を取っている」

「どうぞ、お通りください」

竜人兵の片方が言って、重い扉を開くと。

「……おお……」

先ほどよりも小さめな建物が立ち並ぶ、整然とした区画だ。

ぽつぽつと明かりのついた部屋の雰囲気や、香ってくる料理の匂い。人間のいる空気感に、なんだか懐かしさを覚える。

「ここは異世界から来た人間が暮らしている場所だ。巫女に選ばれた者はさらに奥の神殿で、およそ五百年間ほど竜の産卵を待って暮らすのが通例だ」

リュシアンが言って、声を潜める。

「だが、今我々が用があるのはここではなく、竜の保護区だ。あまり長く戻らずにいると先ほどの竜人兵に不審がられる。行こう」

「あ……、う、うん」

圭が微かな人恋しさを感じているのを察したのか、リュシアンが足を速める。

彼について区画の外れまで行くと、そこには高い壁が続いていた。壁に沿って少し歩いていくと小屋のようなものがあり、窓越しに竜人兵が一人、長椅子に寝転んでうたた寝しているのが見えた。

「ふむ、手間が省けたな。このまま朝まで眠っていてもらおう」

リュシアンが言って、懐から何かの小瓶を取り出し、開いた窓の隙間から小屋の中に手を入れ、中身を部屋にまいた。

薄っすらと煙が上がると、竜人兵が一瞬ハッと目を覚まし、それから白目をむいて気を失った。少々過激なやり方に啞然としてしまう。

「案ずるな。さすがに殺してはいない」

リュシアンがさらりと言って、小屋のすぐ脇にある壁に近づく。

そこにはダイヤルのようなものがあり、それを回すと壁の一部が大きく開いた。

促されて壁の向こうへ出てみると、そこはドーム状の透明な天蓋(てんがい)に覆われた、緑の生い茂る平原だった。奥にそびえる古い神殿を指差して、リュシアンが言う。

「『女王』はあの神殿に保護されている。ほかの竜や、あのノアという竜は、この平原のどこかにいるはずだ。まずはあの子に、何か話を……」

「クゥ〜！」

「っ？　ノアっ？」

遠くからでもわかるノアの声。ぐるりと平原を見回すと、遠くの広葉樹の林の中からバサッと音を立てて竜が飛び出してきた。

ノアだとすぐにわかったが、何か少し様子がおかしい。ぐんぐんこちらに近づいてくるにつれ、ありえないくらい姿が大きくなって――。

「え……、えっ？　おま、なんでっ……！」

「クウウウっ！」

「うわ、ちょ、待てっ！　わあ、うわああ！」

こちらに突進してきたノアが、圭の知っているノアよりもものすごく大きくなっていたから、思い切りぶつかられて体が吹っ飛んだ。リュシアンが慌てて飛んできて、落下寸前でひょいと拾い上げてくれなかったら、草むらの上にドスンと落ちていただろう。

「ノア！　こら！　危ないだろっ！」

「ク〜ウ？」

「いや、抱っこしてほしいのはわかるけども！　そんな巨体でっ……、ていうか！　たった四日でなんでそんなにでかくなってるんだよっ！」

ノアの体長は、どうかするともうマリウスよりも大きいのではないか。

圭を地面に下ろしながら、リュシアンが説明する。

「ここは『女王』の御前だ。竜脈の影響をまともに受けているから、成長が早い」

「それにしたって……、でかすぎるだろ、本当に」

驚きつつも、近づいてそっと顎を撫でると、ノアが大きな目を気持ちよさそうに細めた。そうしてまだ柔らかい鱗に覆われた頰を、圭の頭にすりすりと擦りつけてくる。

大きくても、ノアだ。じわじわと嬉しい気持ちが湧いてくる。

「ああ、よかった。ちゃんと保護されてたんだな？」

「ククゥ……？」

「マリウスか？　ちょっと怪我してて、家で寝てるよ。何？　ママ？　ママは……、いや待て、おまえのママは俺だろ？」

直接頭に浮かんでくるイメージからノアの言葉を聞き、返事を返していると、リュシアンが絶句した。信じられないものを見たみたいな顔で、リュシアンが訊いてくる。

「……本当に言葉が通じているのだな、竜と！」

「まあ、一応。でも、竜を産んだ巫女はみんなそうなんだろ？」

「それはそうなのだが、私は見たことがなかった。実際に竜を孵した巫女で存命なのは、今はもうきみだけだからな」

「そうなのか？　ん？　なんだノア。……あ、そうか！　ママって、そういう意味か！」

「クゥー……」

「俺を？　でも、いいのかな？」

圭の言葉に、リュシアンが身を乗り出す。

「なんだ。なんと言っているんだ？」

「ついてこいって」

「どこにだ？」

「クー！」

ノアが大きくなった翼を広げて飛び上がる。進む方向は、奥の古い神殿のようだ。

「なんか、『女王』のところに連れていきたいみたいだぞ、俺のこと」

「そうか。だが神殿には警備の兵がいる。正面から乗り込むのは、得策とは言えない」

圭を抱え、ノアを追って飛び上がりながら、リュシアンが言う。

「迂回路を知っている。行くならそちらから行くほうがいい。伝えられるか？」

「たぶん。おーいノア！　『女王』に会うならそっちじゃないって！」

いきなり「女王」と対面なんて緊張するが、ノアがそうすべきだと考えているのだとしたら、これもまたそういう巡り合わせなのだろう。

とにかくノアについていこう。くるりと旋回してこちらへ戻ってきたノアの大きな瞳を見ながら、圭はそう思っていた。

竜の神殿の背後には、岩肌がむき出しになった山がそびえ立っていた。

警備の竜人兵の目を盗みながらその中腹まで登り、道なき道をたどって歩いていくと、やがて穴倉の入り口のようなところにたどり着いたので、闇(やみ)にまぎれて入っていく。

「人間には暗かろう。少し明かりを入れなくてはな」

リュシアンが言って、何かカチャカチャと音を立てたと思ったら、闇に青い光が浮かび上がった。先ほどの瓶が、ちょうどサイリウムみたいに輝いている。

見回すと、そこは洞窟のようだった。

薄暗い中を、さらに奥へと入っていくと、なんだか腹に響くゴーッという音がしてきた。

「？　これ、なんの音だ？」

「滝だ」

「こんな山の中に？」

「神殿の奥に、『原初の泉』と呼ばれる清き水が湧き出でる場所がある。その下流に、滝があるのだ」

「『原初の泉』……、って、なんか聞いたことあるな。誰に聞いたんだっけな？」

「マリウスに、ではないのか？　奴の翼はこの二百年ずっとそこにあるからな」

「そうか！　そういや、そうだった。じゃあこないだの左のほうも？」

「ああ。二百年前には、まさか両翼を納めることになるとは思いもしなかったよ」

二百年以上前から朽ちることのない、「父殺しの罪」の証。

マリウスは詳細を明かさなかったが、もしかしたらリュシアンなら、何があったのかを知っているのではないか。

「なあ、リュシアンさん。マリウスは本当に、父親を殺したのか？」

マリウスについて、ある意味もっとも訊きたかったことを、ためらいながらも訊ねると、リュシアンはこちらを振り返らぬまま静かに答えた。

「そういうことになっているな、一応」

「え？」

「だが状況から言って、手を下したのは恐らく奴じゃない。ユタだ」

「な？　嘘だろ、あのユタがっ？」

「突発的な事故か、過失。記録にはそれ以上の記載がない。何があったのかは不明だ」

少女のようなユタの姿を思い出す。とても人を殺せるような人間だとは思えなかった。

一体どうして、そんなことに……？

「ユタは幼い頃にこの世界へやってきて、マリウスの父親の養女となり、マリウスの妹同然に育った人間だ。そして本来、マリウスは彼女の番になるはずだった」

（……それってやっぱり、許嫁だったってことじゃないか）

改めて言われるとチクリと胸が痛む。

でもそのことよりも、彼女が養父を殺したという話の衝撃が強い。リュシアンが、憂うように眉を顰めて話を続ける。

「事件は二百年ほど前、巫女として竜宮に仕えるユタが、病に伏した養父を見舞いに帰宅した折に起きた。だが、巫女とは完全なる純血と潔白とが求められる存在だ。ゆえにマリウスは、自分が父親を殺したと主張し、審判に疑義を挟まれぬよう、己が翼を一翼献上して下界へ降下すると申し出た」

「それ、アリなのかよっ？　身代わりってことじゃないか！」

「身内が代わりに罰を受けるのは、レシディアでは合法だ。もちろん、ユタが犯人であるという明確な証拠もなかったからだが、刑はマリウスの申し出のとおりに執行された」

マリウスが片翼を失ったわけを知って、なんだか胸が苦しくなる。

圭のためにも、マリウスは同じことをしたのだ。マリウスにはもっと自分を大事にしてほしい。

「結局その件は、それで幕引きになった。真相は今に至るまで謎のままだ。だがあの事件の謎は、それだけではない」

リュシアンがいくらか語気を強めて言う。

「マリウスの家系は代々竜宮の高官で、『女王』を含む竜の保護と、竜卵の管理がその職務だったが、事件後その記録は神官が預かることになり、見ることはできなくなった。だが私は、マリウスが下界で集落を築き、迷い人やはぐれ竜を密かに保護するようになった理由と、恐らくは繋がっているとみている。ユタが竜卵と共に竜宮から遁走した理由ともだ」

「その、根拠は？」

「あの事件以前のマリウスを、私が知っているからだ。優しく穏やかな性格で誰からも好かれていたが、この世界の現実について問題意識を持つような男ではなかった。裕福な家庭で何不自由なく育った、典型的な上流階級の子息だったよ」

「結構辛辣(しんらつ)だよな、あんた！　だから偽善者とか言ったのか？」

「恐らく二人には、あの事件を通じて思い描くに至った理想、もしくは信念があるのだ。そしてそれは、なんとしてでも『女王』の竜卵を孵さなければ実現できぬこと……、ある種の革命、社会の転覆なのではないかと、私はそう推測している」

きっぱりとした口調でリュシアンが言う。

革命だなんて言われると、なんだかずいぶんと過激なことのように感じるが、マリウスは竜が卵を産むことすら管理されている現状を、傲慢(ごうまん)だと言っていた。それを打破するために竜の解放が必要だと、そう考えているのだろうか……。

あれこれと考えながら歩いていくと、やがて細い階段が現れた。

上っていくと、建物の中と思しき場所に出た。

「……クゥ……」

圭の後ろをふわふわと飛びながらついてきていたノアが、心細い声を出して圭の衣服をつかむ。怖がっているふうではないが、なんだか少し緊張しているみたいだ。

神殿の廊下らしきところを進んでいるのだが、確かになんとなく寒々しい場所だし、「女王」の住まいというイメージとはかけ離れた雰囲気なのも気になる。

それでもリュシアンのあとについて、柱が並ぶ廊下から少し開けた場所へと行くと。

「……！」

大きな岩の塊だと、最初はそう思った。

高さは十メートルほど、幅もそれくらいはあるだろうか。太い鎖でぐるぐる巻きにされたそれが、半ば石化した巨大な竜だとわかって、身がすくんだ。

リュシアンが潜めた声で言う。

「これが、『静寂の女王』だ。齢は八千年と言われている」

「生きて、いるのか？」

「ああ。だが少なくとも、ここ千年はこの状態らしい。その間、竜宮でほかの雌竜の卵を孵した巫女が何人かいて、会話を試みてはみたが、誰も上手く行かなかったということだ。

もちろん竜卵を産んだ記録もない」

そう言ってリュシアンが、圭と、その後ろに隠れるみたいにしながらチラチラと「女王」を覗き見ているノアに目を向ける。

「だが、ノアが本当に『女王』が産んだ竜卵の子であるならば、きみたちなら何か意思なり言葉なりを感じられるのではないか？」

「何かって言われても……。ノア、どうだ？」

「ク、クゥ」

「え、怒ってる？　もの凄く……？」

思わぬ言葉に、リュシアンと顔を見合わせる。封印されて微動だにしない「静寂の女王」が、一体何に怒っているのだろう。

触れてみたらわかる、とノアは言っているが、正直ちょっと怖い。

それでも恐る恐る手を伸ばして、石化した肢らしき部分に触れてみると――――。

『許さぬっ、許さぬっ、許さぬぞ、竜人どもっ！』

「っ？」

『駆逐してくれるっ、必ずやこの世界から、一人残らずすべてっ！』

「……ぅうっ！」

頭にどっと流れ込んできた呪詛(じゅそ)のような言葉に、たまらずフラフラと座り込んだ。

激しい怒りと怨嗟。強烈で純度の高い感情を浴びせられて、吐き気がしてくる。

リュシアンが顔を覗き込み、心配そうに訊いてくる。

「どうした、ケイ？　大丈夫か？」

「ああ……。でも、これって……？」

ノアに顔を向けると、クウ、と小さく同意した。

どうやら「女王」は竜人に怒り、何か恨みを募らせていて、憎んですらいるようだ。

鎖で拘束されている上に石化しているが、これだけの怒りを溜め込んでいたら、いつか爆発するかもしれない。そうなったらこの世界全体が危険ではないか。

(何に怒っているのか、それだけでも、知りたい)

圭はそう思い、覚悟を決めてもう一度手で触れた。

『必ずや殲滅してくれよう、傲慢な竜人ども！　我が身を蹂躙する竜人どもを！』

「……っ」

『奴らの子らに破滅を！　我と我らの竜卵を奪い去ってきた者どもに、復讐を！』

「……竜卵を、奪い去ってきたって？　竜人が……？」

激しい感情の濁流の中からかろうじて意味の取れた言葉を、思わず声に出すと、リュシアンが驚いたようにこちらを凝視した。

上界ではここ数百年竜卵が生まれた記録はない、とリュシアンは言っていたが、本当は存在していたのに故意に隠されていたのだろうか。ユタはそれを指して権力の道具にしている者たちがいると言い、だから持って逃げたのか。

『破壊してやる、この世界を！　竜人など誰一人住めぬよう、我が呪(のろ)いで今すぐすべてを燃やし尽くしてくれる！』

「待ってくれ、『女王』！　そんなことはやめてくれ！」

「なんだ？　『女王』はなんと言っているんだっ？」

リュシアンが訊いてくるが、今は説明よりも、「女王」を説得しなければ。

圭は「女王」を見上げ、語りかけた。

「下界には、弱い竜人たちもいる。そんな彼らを助けてきたマリウスも……。みんなが悪いわけじゃない。怒りを鎮めてくれ！」

憎悪と憤怒のあまり我を忘れ、目の前の圭の存在にすら気づいていなさそうだが、「女王」に落ち着いてもらおうと、必死に訴える。すると「女王」の感情の流れがいくらか和らぎ、圭の頭の中に明瞭(めいりょう)な言葉がすっと伝わってきた。

『……おまえは、人間か。だがユタではないな。誰だ、おまえは？』

「あなたの竜卵を孵した巫女だ。ユタの代わりに」

圭は言って、ノアにも一緒に「女王」に触れるよう促した。

ノアがおずおずと「女王」の足に触れると――。

『……おお……、おまえは、我が子なのだね！　我が竜卵から生まれし我が子！』

「女王」が上げる歓喜の声に、神殿全体がぶるりと震える。

『ユタが、あの子が守ってくれたのだね、我が子を！　十か百か、生まれ落ちるたび竜人どもに奪われ、下界に捨て去られてきた、我ら雌竜の竜卵を！』

「……下界に、捨て去られて、きた……？」

「女王」の言葉にゾクリとした。

――――『竜は卵を産むことすら管理されている』

マリウスが言ったのは、もしやこういうことだったのか。

「竜卵はずっと生まれてたんだよ、リュシアンさん。この数百年も、たぶんその前も」

「なんだと？」

「でも竜人たちが、そのほとんどを下界に捨ててたんだ。だから『女王』は怒ってるんだ！」

リュシアンにそう言うと、彼は天を仰いだ。

「なんということだ」

「俺に竜卵を託したとき、ユタは言ってた。大切な竜卵を権力の道具にしている者たちがいる、って。きっとだから、ユタは持って逃げたんだ」

そして圭に託し、マリウスにめぐり合わせた。

「女王」の子が、今度こそはちゃんと産まれるように――――。

『フフ、ハハハ、ついに我が子が来てくれた！　我が怒りの狼煙の元に！』

「っ？」

『これで積年の想いを遂げることができる！　我と我が子とで、愚かな竜人どもを滅ぼすことができる！』

「ちょ、待ってくれ！　ノアにそんなことをさせないでくれ！」

『なぜだ！　竜人どもは竜を支配し、我が竜脈を利用して暴虐の限りを尽くしてきた！　当然の報いだ！』

「それは、一部の竜人の行動でっ……」

『竜人どもは我が竜脈を食らい尽くし、足りなくなれば泉を毒で汚して世界を分断し、弱き同胞を切り捨てるような種族だ！　生かしておいても害悪だと、なぜわからない！』

「泉を毒で汚して、って……？　それって、どういう……？」

何を言っているのだろうと戸惑いを覚えていると、横合いからリュシアンが訊いてきた。

「……ケイ、今度はなんの話をしている？」

「よくわからない。竜人が泉を毒で汚して世界を分断した、って言ってるけど」

わからないなりになんとか説明するとリュシアンが何やら険しい顔をした。重い口を開くみたいに、彼が言う。

「先ほど、滝があると言っただろう。あえてあの場では言わなかったが、そこは、力の弱い竜人を下界に『廃棄』する場所なのだ」

「なっ……、そうだったのか？」

「その滝の上流には、先ほど話した『原初の泉』がある。泉の水は清く、毒素は含まれていない。だからマリウスの翼も、二百年も保管できている」

　リュシアンが言って、声を潜める。

「だが『原初の泉』と滝との間には、歴代の神官しか立ち入ることのできない、『審判の聖域』と呼ばれる区画がある。そしてそれよりも下流の水は、『死の海』と同じ毒素が含まれている」

「……まさか、わざと毒を流して汚してるってことかっ？」

「女王」の竜脈を一部の竜人たちで独占するために、そうやって下界と上界を分断しているということなのか。次々と明らかになる事実に、頭痛がしてくる。「女王」の言うことがすべて本当なら、この世界のあらゆることがひっくり返るのではないか。

「クゥッ？」

　ノアが不意に危険を察知したように顔を上げたと思ったら、神殿が地震みたいに揺れ出し、「女王」を拘束する鎖がガチャガチャと音を立て始めた。もしや、拘束を逃れようとしているっ……？

『さあおいで我が子よ！　共に竜人どもを滅しに行くのです！』

「『女王』、待ってくれ！　ノアはそんなこと……！」

『おまえはそのために生まれたのだ、我が子よ！　我と共にこの世界を取り戻すのだ！』

「違う、ユタは、そんなことのために危険を冒したわけじゃないはずだ！」

圭の言葉は、もう「女王」には届いていないようだ。力を振り絞っているのか、拘束する鎖がちぎれ、石化した体の表面の部分は剝がれ落ちて、微かに動きを見せ始める。リュシアンが不安げに言う。

「『女王』が、動いているっ？　なぜいきなり？」

「取り戻すつもりみたいだ、この世界を。竜人を滅して」

「なんだってっ？」

長年蓄積された怒りに火がつき、朽ちかけた体に力が戻ってきたのか。

このままでは、本当に世界を破壊されてしまうのでは――。

「クウ……」

「え……？」

ノアの声に虚を突かれて、まじまじと顔を見てしまう。

ノアが今までに見せたことのない、なんとも言いがたい複雑な感情が、小さな鳴き声から伝わってきた。一体今のは、どういう意味だろう。

「ノア、今、なんて言ったんだ？　『女王』はもう、なんだって？」

ノアが答えぬまま、ふわりと飛び上がり、「女王」の顔の辺りまで近づく。

まさか「女王」に共感して、一緒に世界を滅ぼしに行ってしまう気なのではと、一瞬焦ったけれど――。

『おお、可愛い我が子！　おまえは確かに私の子だ！　よき竜脈を持っているな！』

「クー……」

『……何？　何を、言っておるのだ？』

「クゥ、ク……」

ノアが優しげな声でひと声鳴いて、額を「女王」の頭にギュッと押し当てた。

瞬間、「女王」と神殿とが、大きく激しく振動し始めた。

「なんだ、何が起こったんだ、ケイっ？」

「わからないよ！　でもノアの奴、変なこと言ってた。『女王』に、ねんね、って」

「……眠れ、ということか……？　まさか、代替わりかっ……？」

「代替わり……？」

「『女王』は、ただ高齢で強い竜脈を持っているからそう呼ばれているわけではない。文字通り『竜の王』なのだ。寿命が来れば、別の若い個体がその力を引き継いで王になる」

リュシアンの説明に驚かされる。つまりノアが、その王に……？

『おお、我が子……、我が子よ、おまえは……』

「女王」が何か言いかけるが、言葉は最後まで続かなかった。「女王」の体は見る間に風化し始め、端からざらざらと砂のように崩壊していく。

そしてそれにつれて、ノアの緑がかった鱗や翼が、金色に輝き始めた。

「……なっ？　貴様ら、ここで何をしているっ！」

『女王』が！　誰か来てくれ！　侵入者だ！」

ようやく異変に気づいたのか、竜人兵が二人やってきて、槍を手に威嚇してくる。

でも、「女王」どころか神殿すらも崩壊しかねないほどの振動だ。もはや侵入者がどうとかいう問題では――。

「クウ！」

ノアがひと声鳴いて、先ほどやってきた通路のほうへ飛んでいく。

圭が慌てて追いかけると、竜人兵たちが飛んできた。

「逃がすか、賊め！」

竜人兵の飛行速度は、下界で圭を追いかけてきた竜人たちとはまるで違う。

このままでは捕まる、と思った瞬間、リュシアンが投げた照明代わりのガラスの瓶が破裂して、もうもうと煙が上がった。

ひょいと圭を持ち上げてノアを追いながら、リュシアンが言う。

「まったく、誰が賊だ。新たな女王とその母巫女に、なんたる不敬か！」

「新たな、女王……」

圭たちの前を、暗い神殿の廊下を金色に照らしながら飛んでいくノア。

小さかったあの子が、まさか女王になるなんて思わなかった。

嬉しさと、誇らしさと、愛おしさと――――。

ノアが生まれたときの歓喜が、胸に甦(よみがえ)る。

あのときのように、マリウスもここに一緒にいたなら、圭は彼とこの気持ちを分かち合って泣いていたと思う。

二人で大事に育んだ命がこんなにも大きく、立派に成長したことを、共に喜び合いたい。早くマリウスのところに連れて帰って、この美しい姿を見せてやりたい。

そう思いながらついていくと。

「あれ、ノアっ？　出口はそっちじゃないぞ！」

突然ノアが、外へは行かずに方向を変えた。ここも崩壊しかかっていて危ないのにどこへ行くのかと、焦ってノアを追っていくと、錠の下りた扉が見えてきた。

リュシアンが訝しげに言う。

「あの奥は、先ほど言った『審判の聖域』だ。何かするつもりなのか？」

「クウウ……！」

ノアがひと声鳴いたと思ったら、扉の錠がぶるぶると震え、一瞬で蒸発するみたいに消えた。扉を押し開けてノアが進んでいくので、ついていくと。

「うわ、なんだこれ！」

そこは洞窟の空洞のような場所で、大きな貯水池があった。池には天辺近くの高いところから、さらさらと透明な水が流れ込んでいる。そして池の真ん中あたりには、大きな黒い結晶のようなものが突き刺さるように屹立していた。

見覚えのある紫がかった黒い光沢。

「死の海」、そしてマリウスの体を蝕む、毒素の色だ。

「あれが毒の塊なのか。あれが水を汚しているんだな？」

「クウゥ？」

「えっ、できるのかっ？」

「クウ！」

いかにも毒々しいそれに、ノアが近づいていく。そうして金色の両腕で、結晶をぐっと抱きかかえたと思ったら、ズンと音を立ててそれを貯水池から引き抜いた。

身の丈の倍くらいはある結晶からは毒々しい水が滴るが、ノアにはその毒は効かないのだろう。両手で器用に持ち上げて、ノアがしげしげとそれを眺める。

それから大きく息を吸い込み……。

「っ！」

ゴオオオ、とノアの口から青い炎が吐き出されて、みるみる結晶が燃え、蒸発し出した。竜脈の炎は熱くないはずなのに、なんだかこちらまで溶かされそうな激しさだ。リュシアンが圭の体を大きな翼でさっと庇って、唸るように言う。

「……なんという力だ！」

「ほんとだな。世界を滅ぼそうとすれば、簡単にできるだろうな」

昔の竜人たちは、きっとそれを恐れて「静寂の女王」を封印し、竜卵を管理して繁殖を抑えてきたのだろう。

もしかしたら、ユタはそれを知っていたのではないか。そしてマリウスも——？

結晶が燃え尽きたと思ったら、激しい地響きが聞こえてきたので、リュシアンが辺りを見回す。先ほどの「女王」と神殿の崩壊の影響なのか、洞窟の天辺がミシミシと軋んで、ばらばらと石が落ちてくる。

貯水池に流れ込む水の量が急に増えたので、ノアにこちらへ戻れと叫ぼうとした瞬間、水が流れてきていた壁がドッと崩れ、岩や水が土石流のように流れ出てきた。

「ク〜〜！」

「ノア！」

ノアが濁流に押し流されてしまったから、思わずリュシアンの翼の陰から飛び出した。

するとの足元も崩れ、そのまま流れに巻き込まれた。

「ケイっ……！」

リュシアンの叫び声が遠のき、体が水と土砂とに流される。

もがいて浮き上がろうとするが、流れが強くて浮上できない。ノアを助けたかっただけなのに、まさか自分も一緒に落ちてしまうなんて。

「……っ？　うわぁぁ……！」

いきなり頭が水から出て、空気を吸えたと思ったら、今度は体が落下し始めた。

どうやら滝まで流されて、下界に落ちていくようだ。滝の高さはわからないが、下界との距離を考えると、翼も何もない生身の人間の自分が無事にすむとは思えなかった。

これはたぶん、助からない。

そう思った途端、腹の底から声が出ていた。

「……マリ、ウスッ……！」

死ぬ前に、できるならマリウスに好きだと言いたかった。ノアの姿を見せてやって、俺たちの子供はこんなに大きく立派になったぞと、そう喜び合いたかった。

最後に一目だけでも、彼に会いたい。触れ合い、口づけ合って、抱き締め合って……。

落下していきながら、そんなことを考えていたら、何か明るい光が顔を照らすのを感じた。薄っすら目を開くと、少し欠けた月が見えた。

ユタと、マリウスと、ノアと、自分と。

命を繋いだ月の光は、とても明るくて美しい。

ユタが圭を守ってくれた「護りの光」は、あれに似ている。温かくて優しくて、穏やかだった。

あれに包まれていれば、死ぬときも痛くないかもしれない。

赤い月に落ちていった、あのときのように――。

「……ケイ……、ケイなのかッ……！」

「……？」

自分の体からあの黄色い光がキラキラと発せられ、すうっと水の音が遠のいたと思ったら、遠くから名を呼ぶ声だけが耳に届いた。

腹の淫紋がピクリと震えた気がしたけれど、もしや今のはマリウスの、声……？

「ケイ！」

流れ落ちる水の中から体を引き上げられ、力強い腕で抱き締められて、一瞬夢を見ているのかと思った。

でも、ひんやりとした皮膚の感触や鱗の手触りは、間違いなく現実のものだ。恐る恐る顔を上げると、そこにはマリウスの精悍(せいかん)な顔があった。

「マリ、ウス……、マリウスっ！」

もう一度会いたいと願い、それが叶ったことが嬉しくて、思い切り抱きついた。圭の頭に頬を寄せて、マリウスが言う。

「よかった。ノアがいたから、きっとおまえも来ると思った。怪我はないか？」

「俺は大丈夫だけど、ノアは っ？」

慌てて訊ねると、マリウスが下を見た。

視線を追って下を向くと、ノアの金色に光る大きな体が見えた。毒素がなくなったせいか透明になった「死の海」に入って、パシャパシャとはしゃいでいるようだ。

無事だったのだと、ホッとしたけれど。

「えっ？ 俺たち、浮いてるっ？」

「ああ、そうだな」

「でも、どうやって……？」

不思議な浮遊感に驚き、もしやとマリウスの背後に目をやる。

彼の背中には、大きな二つの翼があった。力強く羽ばたいて二人の体を空中に浮かせ、制止させていたのだ。

目にしているものが信じられず、唖然としていると、マリウスが笑みを見せた。

「おまえがリュシアンと上界へ行ったと聞いて、たまらず『死の海』に船を出した。どうあがいても上へは登れないとわかってはいたが、それでも滝の下まで来てみたら、突然流れる水が清くなり始めて……、滝の上から、ノアが現れたんだ」

　そう言ってマリウスが、滝の上方に目をやる。

「ノアが何を言ったのか、俺にはわからなかったが、きっとおまえもここへ来るはずだと思ってその場にとどまっていた。そうしたら、俺の両翼がこちらめがけて飛んできた。一瞬何かの間違いじゃないかと思ったよ」

「……翼が……？　ああ、そうか。『原初の泉』が崩れたから！」

　あの「審判の聖域」と共に、その上流にあった「原初の泉」も崩れて、その中に保管されていた彼の翼も流れ出たのだろう。少し戸惑った顔で、マリウスが訊いてくる。

「俺が寝込んでいる間に、ノアと一体何をしてきたんだ？」

「うーん、いろいろありすぎて、何から話したらいいのか。でもたぶん、あんたとユタの、愛の勝利ってやつじゃないかな」

「……？」

「ノア、新しい女王になったんだ。『静寂の女王』の力を受け継いでるらしい。きっとこの世界はよくなるよ。ユタとあんたが望んだ世界になる。俺も安心して、元の世界に帰れるってもんだ」

「ケイ……？」

　自分でそう言ってみたものの、なんとなくマリウスの顔を見ているのがつらくて、すっと目を背けた。

ユタとマリウスの間に、実際にどんな想いがあったのか。

もはやそれはわからないが、マリウスが今でもユタを想っているのは確かだろう。

もう一度会えたら好きだと言いたいと思ったのに、今さら気持ちを伝えてももう意味がないような気がしてきて、なんだか切なくなってくる。

するとマリウスが、静かに言った。

「ユタと俺が望んだ世界、か。本当にそんな世界が来るなら、もちろん嬉しいことだが……、今の俺は、果たしてそれだけで満たされるのかな」

「え……？」

「おまえが現れて、何度も抱き合って、ノアが生まれて……。俺は自分が思っていたよりもずっと貪欲な男なのだということを知った。俺自身の願いや欲望などどうでもいいと、そう思ってきたつもりだったのにな」

「……？　マリウス、一体、なんの話を……？」

どことなく困った様子のマリウスの声音。怪訝に思いながら顔を見ると、マリウスが薄い笑みを見せて言った。

「ケイ。俺は本当は、おまえに元の世界に帰ってほしくなかった」

「……！」

「でも、俺にはそれを言う資格がないと思っていた。正気を失った俺にまっすぐに告げてくれた、おまえの心からの気持ちを聞いてさえな」

「えっ！　あんた、あれちゃんと聞こえてたのかっ？」

驚いて訊ねると、マリウスは頷いて言った。

「おまえを元の世界に帰すのが俺の使命だと思っていたから、黙っていたんだ。この世界でおまえを幸せにできる自信もなかったから。でも、おまえは俺の想像などはるかに超えた、強く大きな人間だったんだな？」

マリウスが言って、まっすぐにこちらを見つめる。

「俺やノアのためにおまえがしてくれたことは、それこそ愛と呼ぶにふさわしいものだ。今夜起こったこと、そしてこれから起こることを愛の勝利だと言うのなら、そこにおまえがいないなんて考えられない」

「マリウス……」

「おまえを愛している、ケイ。そう願ってもまだ許されるなら、どうか元の世界に帰らないでほしい。これからもこの世界で、俺と共に生きてはくれないか？」

飾らぬ言葉で告げられた、マリウスの愛の言葉。

ただ嬉しくて、涙が出そうになる。けれどそれだけに、本当に自分でいいのかと、どうしてもまだ気になってしまって。

「でも……、あんたは、ずっとユタのことを想っていたんじゃないのか……？」

「ユタを大切に思っていたよ。一緒に育って、いつかあの子が『女王』の竜卵を抱いたら番になるのだろうと、漠然と思っていた。でもそれは、家族の情以上の想いではなかったみたいだ」

そう言ってマリウスが、緑がかった青い瞳を輝かせる。

「おまえと出会って、俺は初めて知った。ほかの誰でもない、ただ一人を愛する気持ちを。ずっと傍にいてほしい、共に生きたいと願う相手がいる幸福を」

「マリウス……、マリウス！」

それは圭も同じだ。ただ傍にいたい、ずっと一緒にいたいと願ったただ一人の番、マリウス。

もう何も迷いなどなかった。圭はマリウスにしがみついて想いを告げた。

「俺も、愛してる……。俺はこれからも、死ぬまであんたの番だよ」

「ケイ……」

キスがしたくて顔を上げると、マリウスがそっと口唇を重ねてきた。

触れ合う口唇の柔らかさに、知らず笑みが浮かぶ。

圭よりも少しだけ冷たい彼の口唇を、早く温めたい。肌を触れ合わせて、結び合いたい。

愛しい想いと甘い欲情とで腹の淫紋がヒクヒクと疼くのが、たまらなく嬉しくて――。

「……あ！　見ろよマリウス！　夜空が晴れて、あんなに星が……！」

見上げると、見たこともないほどたくさんの星が、下界の空を覆っていた。ノアの発する竜脈が、早くもこの世界に満ち始めたのだろうか。マリウスが嬉しそうに言う。

「本当だ。下界に星の光が差している」

「きっと明日になったら、太陽も……、ん？　なんだ、あれ？」

空を眺めていたら、地平の果てから何かがこちらに向かってやってくるのが見えた。なんだろうと目を凝らしていると……。

「クウゥー！」

ノアがひと声鳴いたと思ったら、それに答えるみたいにたくさんの声が響いてきた。マリウスがああ、と感嘆したみたいに声を洩らす。

「竜たちが、帰ってきたんだ」

「えっ……？」

「ノアの兄や姉、ほかの雌竜が産んだ、捨てられた竜卵から孵った子供たち……。俺が森に放した竜や、もしかしたら、その子供たちもいるのだろう。新しい『女王』の誕生を知って、会いに来たようだ」

「凄いな、あんなにたくさん……！」

百頭か、二百頭か、あるいはもっとたくさんの竜たち。

緑や赤、青、小さい個体も大きい個体も、実に様々だ。

上界の台地の上から竜人兵の一団が出てくるのが見えたが、竜の大群に恐れをなしたのか、慌てて戻っていく。

レシディアの空は、今や竜たちのものだ。

「ケイの言うとおりだな。きっとこの世界はよくなる。あるべき姿へと、変わっていくのだろう」

そう言ってマリウスが、愛おしそうにこちらを見つめる。

「俺たちも帰ろうか、ケイ。みんなのところに」

「……ああ！」

マリウスが翼を大きく、優雅にはためかせる。

ノアが心底楽しげにクウ、と鳴くのを聞きながら、二人はゆっくりと下界の大地へ降下していった。


「……そうか。リュシアンが、そんなふうに」

マリウスが苦笑して、小さく首を横に振る。

「革命とか社会の転覆とか、さすがにそこまで大それたことを考えていたわけじゃないけ

どな。でも確かに、父が死んだあの事件が、俺とユタの生き方を変えた。何も知らなかった過去には戻れないと、そう思わせた……」

集落に戻り、心配してくれていたみんなに上界であったことを話したあと、圭はマリウスと寝室へ引き上げ、長椅子でくつろいで酒を飲みながら話している。

天井の明かり取りの窓からは、時折竜が飛ぶのが見え、微かに鳴き声も聞こえる。

竜たちは夜通し空を舞い飛び、ノアを祝福する気らしい。窓を見上げながら、マリウスが言う。

「おまえが『女王』から直接聞いたとおり、『女王』やほかの雌竜が産んだ竜卵のほとんどは、竜宮の役人の手により秘密裏に『廃棄』されていた。その職務は何千年もの間、俺の一族が執り行ってきたことだったんだ」

「あんたの、一族が？」

「俺もユタも、あの事件の日に今わの際の父から聞かされるまで、そのことを知らなかった。父は母の死後、人知れず己が倫理観との間で板挟みになり、心を病んでいたんだ。いっそ巫女がすべていなくなれば竜も自然に帰るのではと、そう思い詰めるほどにな」

マリウスが哀しげに眉根を寄せる。

「病床の父を見舞ったユタは、もちろんそんなこととは知らなかった。剣を手に襲いかかってきた父から必死に身を守ろうとするうち、はずみで父の胸に剣が刺さった。駆けつけた俺の前で父は苦しかった胸の内を明かし、すまなかったと詫びたよ。ユタは泣きじゃくっていた。俺は、何も知らなかった自分を恥じていた」

　それが、事件の真相だったのか。なんとも痛ましい話だ。

「もしも次に『女王』が竜卵を産んだなら、何があっても必ず孵そう。そして俺たちの一生を、一族が犯してきた罪を償うため、竜と人間と、虐（しいた）げられてきた者たちのために捧げよう。ユタと俺は、そう約束して別れた」

「……だからあんたは、生涯の伴侶を得ることは過ぎた望みだって言ったのか？」

「ああ、そうだ。でも、今はそれが独りよがりな思い込みだったと知っている。おまえが、ノアが、それを教えてくれた」

　マリウスが酒の杯（さかずき）を置いて、こちらを見つめる。

「この夜が明けたら、世界は大きく変わっていくだろう。いや、変えていくんだ、みんなにとってよい世界に。それが俺のすべきことだと今は思っている。ノアや、おまえや、この集落のみんなと一緒に」

「うん……。そうだな」

　マリウスがそう思ってくれたことが、とても嬉しい。これからは独りで何もかも抱えないで、頼ってほしい。悩み事があれば相談してほしい。

　圭は番として、それに応えたい。心でも、体でも――。

「っ……」

腹の下の淫紋が、またヒクヒクする。ほろ酔い加減になってきたせいもあるのか、目の前のマリウスに、圭はドキドキしているみたいだ。

圭だけの愛しい番。生涯ただ一人の伴侶となるであろう、マリウスという竜人の男への、確かな恋情。

これは月の出が強制する発情ではなく、圭の心がときめいている証だ。

マリウスの精悍な顔、艶(つや)やかな鱗と盛り上がった筋肉が美しい体、紫がかった黒い刺青(いれずみ)みたいな模様、そして大きな両翼に、知らず惹きつけられて……。

「ケイ？」

杯を置き、黙って身を寄せると、マリウスは少し戸惑った顔でこちらを見たが、やがてスッと目を細め、ゆっくりと口唇を重ねてきた。

「ん、ん……」

チュ、チュ、と小さく音を立てながら、互いの口唇を優しく啄(ついば)む。

先ほど想いを告げ合ったばかりだからか、なんだかお互いに探り合うみたいなキスだ。

手を伸ばして首に腕を回すと、マリウスもそっと圭の背を抱いてきた。

まるで初めて触れ合った恋人同士のような、妙にぎこちない感じが少々気恥ずかしい。

でもその初々しさが、どうしてか嬉しくもある。

二人はここから始まるのだと、そんな新鮮な気持ちになってくる。

「……ケイ」

「ん、ン？」

「愛している」

「マリ、ウ……、んん」

「愛している、ケイ……、愛している……」

マリウスが何度も告げて、圭の体をぐっと引き寄せ、口唇に吸いつくたびチロリと舌で撫でてくる。

圭より少し冷たい、マリウスの口唇と舌。でも触れ合っているだけで圭の体温が伝わって、徐々に温かくなってくる。甘い囁きにもうっとりとなって、結んだ口唇をわずかに開くと、マリウスが中に舌を滑り込ませてきた。

「ンふっ、ぁ、んっ……」

口腔の中で、舌が優しく絡まる。

竜人であるマリウスとキスをすると、圭の体は柔らかく解けたようになる。クリームみたいにトロトロと、体の芯が溶けるみたいだ。

そしてマリウスのほうは、圭との口づけで気が昂ぶる。互いに舌を吸い合い、口唇をぷるんと食み合っただけで、彼の呼吸が乱れ出した。

マリウスが興奮し始めたのを感じただけで、圭の腹の淫紋の痕がチリチリと熱くなる。

（マリウスが、欲しい……！）

圭の腹に、もう竜卵はないけれど、心と体とがマリウスを求めている。マリウスへの想いが圭自身を熱くさせ、内奥をジワリと潤ませるのだ。

激しい劣情にクラクラとめまいを覚えながら、圭は言った。

「なあ、マリウス」

「ん？」

「俺、もう発情しなくなったけど、今俺たち、もの凄く欲情してるよな？」

「ああ、そうだな」

マリウスが抑えた声で答え、低く告げる。

「おまえと愛し合いたい。ベッドへ行こうか」

「うん……、ぁ、ん」

マリウスがまた口づけて、そのまま圭の体を抱き上げてベッドに運ぶ。

圭を背中からシーツの上に横たえて、マリウスがぐっと圧し掛かってくる。

「ん、ふっ、は、ぅんっ……」

先ほどよりも深く、濃密なキス。

身も心も一気に熱くなって、喉（のど）からは喘（あえ）ぎみたいな吐息が洩れる。

マリウスのチュニックの紐を緩め、胸元をはだけさせて手で胸筋をまさぐると、彼がキスをしながら手早く衣服を脱ぎ去った。

下腹部のスリットに手を滑らせると、そこにはもう、彼の欲望の証が雄々しく勃ち上がっていた。

「ン、はぁ、マリ、ウス、もう、こんなにっ？」

「おまえにだけだよ、ケイ。おまえを愛おしいと思うだけで、俺はこんなにも反応する」

「俺に、だけ……？」

そう言われると、たまらなく嬉しい。

早く触れ合いたいと焦れながら、自ら衣服を脱ぎ捨てると、圭のそれももう形を変えていて、切っ先から期待の涙がこぼれそうになっていた。

圭だって、こんなふうになるのはマリウスにだけだ。きっとこの先、ずっとそうだ。

「美しい体だ、ケイ」

「そっ、なこと、初めて言われたぞ」

「そうなのか？　おまえは美しいし、人間の体そのものも、とても美しいと俺は思うよ。温かくて、柔らかいのもいい」

マリウスが言って、何やら甘やかな目をして訊いてくる。

「ケイ、教えてくれ。人間は、どんなふうに愛し合うんだ？」

「え、どんなふうって……、なんで今さら？　何回も抱き合ってるだろ？」

「それはそうだが、あれはあくまでノアを孵すためだっただろう？　行為の前におまえの意向を訊いたりもしていなかった。これでいいのかなと、本当はいつも気になっていたんだ」

「そうだったのかっ？」

そんなことを考えていたなんて意外だが、そういう誠実さはマリウスらしいといえばマリウスらしい。

男に抱かれたのはマリウスが初めてだったし、こちらとしては、マリウスの行為に特に不満などはなかったけれど。

(でもそう言われてみれば、ちょっとだけ即物的だったような気も……？)

これまでは、いわゆる子作りセックスみたいなものだったのだから仕方ないが、これからは違う。

月と淫紋とが発情させてくれるわけでもなく、マリウスとの交わりは愛の行為そのものになるわけで、圭のほうだって今までみたいに全部お任せのマグロ状態では、お互い本当には満足できないかもしれない。

人間は、というより、自分は、マリウスとどんなふうにしたいのか。こちらもきちんと考えることこそが、「愛し合う」ことなのではないかと、そう思えてくる。

それほど経験豊かというわけではないし、男同士の行為の知識もないが、圭はなんとか考えを巡らせながら言った。

「うーん、そうだな……。体の感じるところを撫でたり、キスしたりとか……」

「ほう」

「勃ち上がっても挿入しないで、口で愛撫したり、触れ合わせたりも、するかな？」

あまり自信はないが、たぶんそんな感じだろうと推測する。

マリウスが笑みを見せて言う。

「そうか。じゃあ、さっそく試してみようか。圭は、どこが感じるんだ？」

「え、と、どこ、だろ？　む、胸とかっ？」

一瞬考えてしまい、女性だったらと思って言ってみると、マリウスが圭の胸を見下ろした。そうしてチュッと乳首に口づけて、舌先でちろちろと舐めてくる。

「……ぁっ……、ん、んっ……」

思いがけず甘い声が洩れたので、自分でも少し驚いた。

そこは思いのほか敏感で、舐められただけでキュウっと硬くなり、さらに感度が上がるようだ。舌先で転がされると背筋がビクビクして、淫紋も微かにチリチリする。

どうやら乳首は、かなり感じる場所のようだ。

「あっ、ぁ、んぅ、う」

「ここ、気持ちがいいのか？」

「う、んっ」

「こちらも？」

「あぁ、ふ、ぅ……！」

反対側の乳首も舐められ、代わる代わる口唇でチュクチュクと吸われて、腰が恥ずかしく揺れる。

マリウスの舌のザラリとした感触も、唾液でぬるりと滑るみたいな感覚も、とても淫靡で官能が刺激される。舌で押し潰されたり、クニュクニュとなぶられると、どうしてか後ろが疼いて、内奥がジンと痺れてくる。

触れられてもいないのに、屹立した圭自身からはたらたらと透明液が溢れ、糸を作って滴り落ちて、腹の淫紋の痕を濡らしている。

マリウスがそれに気づいて、笑みを見せる。

「こんなに涙を流して……。とても感じやすいんだな、ケイの胸は」

「俺も、今初めて、知った」

「ふふ、そうか。じゃあ、もっとよくしてやろう」

「ん、あっ、はあ、ああっ」

マリウスが左右の乳首を順に吸い、舌で舐め回す。

小さな花の蕾みたいな乳首を擦られ、吸引され、微かに歯を立てられるたび、圭の腰は電気が走ったように跳ね、喉からは蕩けた声がこぼれる。今まで感じるなんて思いもしなかった場所がツンと勃ち上がり、まるでスイッチみたいに圭の体を潤ませ、ジンジンと疼いて劣情を煽る。

「ひ、ぅっ、マリ、ウス、も、ヘンに、なるっ」

マリウスに執拗に愛撫され、微弱電流みたいな淡い快感に身悶えるうち、圭の乳首はやがて赤く熟れた果実のようになった。

それを嬉しそうに見下ろして、マリウスが言う。

「綺麗だ、ケイ。肌も上気して、夕焼け空のようだ」

「マ、リウス……」

「楽しみだよ、とても。これから二人で一緒に、お互いのいいところを見つけていくのがな」

マリウスが艶麗な笑みを見せて言う。

それは確かに楽しみだ。本物の番としてそんなふうに慈しみ合えることが嬉しくて、うっとりと顔を見上げると、マリウスが圭の肢を大きく開かせて、立ち上がった圭の欲望を露わにした。

圭が自らこぼしたものでトロトロに濡れそぼった肉茎の形状を、マリウスがしばし眺めてから、裏のひと筋を舌で舐め上げてきた。

「ん、はぁっ、あ、あ……」

ねろり、ねろりと、幹に舌を添わせるみたいにしながら繰り返し舐(ねぶ)られて、そのたびにビクビクと上体が跳ねた。

マリウスの舌はまるでそれ自体が生き物みたいで、圭の雄の形を細かいところまで確かめるようにぬめぬめと吸いつき、なぞり上げてくる。

亀頭(きとう)を口に含まれ、舌先で切っ先の溝をぬちっと押し開かれると、それだけでまた透明液が溢れてきた。それをちゅるっと吸い立てられ、口唇を窄(すぼ)めて根元まで口腔に含まれたら、つけ根にジュッと血液が流れ込んでくるのがわかった。

圭を口に含んだまま、マリウスがゆっくりと口唇を上下させる。

「ああ、んぅっ、マリ、ウスっ、はぁ、ああ」

マリウスに口淫(こういん)をされるのは初めてだ。

自分は男だと、最初にそんなことを言ったせいで気を使ってくれたのか、初めてのとき以降、マリウスがそこに触れてくることはほとんどなかった。

でも今は、こうして愛してもらえるのが嬉しい。マリウスの動きに合わせて知らず腰が揺れるのを、止めることもできない。

「はあ、あっ、ぃ、い、気持ち、ぃっ」

上ずった声を上げると、マリウスが幹に舌を絡ませ、頬を窄めていくらかきつく吸いついてきた。口唇を上下させるスピードも速められて、次第に腹の底がふつふつと沸き上がり始める。

「ぁっ、あっ、マリウス、凄っ、い、凄く、来るっ……」

達してしまいそうなほど感じてしまい、思わず腰を引こうとしたけれど、マリウスはチラリとこちらに視線を向けただけで、やめようとはしない。

それどころか喉奥深くまで圭を咥(くわ)え込み、追い立ててくる。

このまま続けられたら、マリウスの口の中で達してしまいそうなのに。

「ん、あぁっ、そ、なっ」

頭を揺すりながら、口唇でぐいぐいと扱(しご)き上げるみたいにされて、キュウキュウと下腹部が収縮し出す。男の生理の限界を超えてくるような愛撫に、もはやこらえることもできなくなって……。

「ああっ、ぁっ、駄目だ、俺、もうッ……！」

どうにかこらえようとしたけれど、そうすることができずに己を解き放つ。

ビク、ビク、と身が揺れるたび、マリウスの口腔にぬるい白濁が吐き出され、快感が背筋を駆け上がった。

口の中に出してしまうなんて、こんなことを誰かにしたのは初めてだ。

「ご、めっ、気持ち、よすぎてっ……！」

快感に半ば酔いながらも、慌てて謝る。せめて早く吐き捨ててほしいと思ったけれど。

「マリウス……？　ちょ、よせって、そんなものっ……」

こくり、と喉を鳴らして、マリウスが圭の放ったものをのみ下したから、かあっと頬が熱くなった。吐き出したものをのまれるのは、恥ずかしいような申しわけないような、なんとも複雑な気分だ。

けれどマリウスは、そんなことは気にも留めていない。圭自身からするりと口唇を離して、ニコリと微笑む。

「……おまえのこれを味わうのは嫌いじゃない。竜人のはあまり人間向きではないから、おまえがするのはすすめないが」

「そ、なの、か？」

そういえば初めてのときも、マリウスは圭のそれを舐めて竜人とは違うようなことを言っていた。そう言うからには、きっと独特の味わいなのだろうが……。

（できるなら俺も、マリウスを愛してやりたい）

彼の透明な鱗に覆われた体表は、肌の部分以外さほど敏感だとは思えないから、欲望を愛撫する以外にこちらからできそうなことはあまりない。

幸い圭の手は鉤爪の手ではないので、最低限手淫（しゅいん）だけでも、彼をよくしてやることはできるのではないか。

射精の恍惚が冷める前に圭はそう思い、さっと身を起こして言った。

「なあマリウス。俺にも、させてくれよ」

「ケイが？」

「俺もしたいんだよ。あんたを悦ばせたい」

圭は言って、マリウスの剛直にそっと手を伸ばし、指をからめる。

そのままゆっくりと上下させると、マリウスが微かに悩ましげな声を発した。

身を近づけてもう片方の腕を彼の首に巻きつけ、雄を手で扱きながら啄ばむみたいに何度も口唇に口づけると、マリウスが目を細めた。

「ああ……、温かいな、おまえの手も、口唇も」

「悪くないだろ？」

「とてもいい。おまえの温かさが、体の隅々にまで流れてくるみたいだ」

マリウスが言って、圭の腰を抱き寄せる。尻たぶを優しくつかまれ、手のひらで撫でられたから、指を絞って応えるみたいに動かすと、手の中の彼自身がグンと嵩を増した。

ちゃんと感じてくれているようだと、嬉しくなる。

でも、やはりなんとなく手でするだけなのは物足りない。番なのだから、こちらだってマリウスの全部を味わい尽くしたいと、そんな気持ちになってくる。

「……やっぱり、俺もしてみたいな」

「ん？　何をだ？」

「あんたのこれを、味わってみたい。手より口のほうが、あんたもきっと気持ちいいぞ？」

「ケイ、だが……」

マリウスがためらいを見せたが、圭はかまわず、身を屈めてマリウスの下腹部に顔を埋め、切っ先に口づけた。

そのまま口唇を開き、思い切って先端部を口に含む。

舌先に、微かな苦みが走る。

（これが、マリウスの味……）

スリットからそそり立つ彼の肉杭は、人間のそれとよく似た形状をしていて、張り出した先端部には鈴口が覗き、微かに透明液がしみ出している。

ほかと比べようもないので違いはわからないが、青く苦い香りと味わいは、それほど不味(まず)いわけではなかった。

むしろ愛する番の雄のものだと思うと、舐っているだけでなんだか気持ちが昂ぶってくる。圭はシーツに膝をついて身を乗り出し、より深くまで咥え込んで、ゆるゆると頭を上下に揺すった。

「ん、ふっ、んぅ……」

マリウスの巨軀に見合う、太くリーチのある男根。

喉奥までのみ込んでも根元までは含めないから、代わりに指を添えて扱いた。

舌を使って先端を舐め回し、幹に絡めて吸い上げると、マリウスがああ、と小さく吐息を洩らした。

「おまえの言うとおりだな、ケイ。手よりも口腔はもっと温かくて、たまらなく心地いい。こんなのは、初めてだ」

マリウスの声は甘く濡れている。

圭の愛撫で悦んでくれているのだとわかって、こちらも恍惚となってくる。

息を荒くしながらきつく吸いついて、舐り上げる動きを速めると、そうするだけで体が熱くなって、達したばかりなのにまた欲望が兆してきた。

口腔いっぱいにマリウスを咥え、ジュプジュプと唾液を溢れさせながら吸い立てていたら、やがて後ろまでジクジクしてきて、恥ずかしく腰が揺れ始めた。

「……ケイ？　もしや、後ろが疼いているのではないのか？」

「ん、く、ぅっ」

「欲しくなってきたんだろう。淫紋の縁が光っているぞ？」

「ひ、ぅっ」

マリウスに手で下腹を撫でられて、ビクンと尻が跳ねた。

ノアを孵して役目を終えたはずの淫紋だが、圭がマリウスに欲情すればちゃんと動き出して、体を内から熱くしてくる。

もう今すぐにでも挿れてほしいと、鮮烈な欲望を感じて喘いでしまいそうだ。

マリウスから口唇を離し、はあ、と大きく息を吐き出して、圭は言った。

「う、んっ……。なんか、あんたのことしゃぶってたら、どんどん体が、火照って……！」

「なら、このまま後ろを解いてやろう。逆さまになって、俺の胸をまたいでくれ」

「ん、ん？　こう？」

マリウスが自分の両翼にゆったりもたれかかるように上体を倒したので、ちょうどシックスナインのような体位でマリウスの上にまたがると、彼に両手で腰を抱え上げられて、狭間にチュッと口づけられた。

そのまま窄まりを舌で舐められて、淡い吐息が洩れる。

「ぁ、あっ、はぁ、マリ、ウスっ、んん、ンっ」

ピチャピチャと濡れた音を立てて柔襞を舐められ、尖らせた舌先で孔をズチズチと穿たれて、全身の肌が粟立つ。

先ほど胸で感じた悦びも繊細な感触でよかったが、後ろを舐められるのは最初のときから気持ちがよくて、いつも身震いしてしまう。純粋な快感だけでなく、何か生き物として の原始的な部分を刺激されるようだ。微かな背徳感と羞恥も相まって、意識をぐるぐると 掻き混ぜられる。

ほどけた襞を押し開くみたいにして長い舌を内腔に挿れられ、ちゅぷり、ちゅぷりと出し入れされたら、上体の力が抜けてしまいそうになった。

「あ、んっ、マリ、ウスっ、ん、ふっ、ぁむ……」

劣情で蕩けそうになりながらも、こちらも愛撫を返したいと、またマリウス自身を深く 喉まで含む。

指で根元を支えて激しく吸い立てると、マリウスも応えるみたいに内襞を舐め回してきた。圭の雄の先から、また透明液がトロトロと滴ってくる。

「……よく熟れてきたぞ、ケイ。もう、繋がるか？」

「ああっ。もう、欲しいっ」

哀願するみたいにそう言うと、マリウスが圭の上体を後ろからひょいと抱き上げ、体を 起こした。そのまままくるりと体を返され、背中からシーツに下ろされたから、自分で両肢を開いて腿を抱え、腰を上向ける。

露わになった狭間にマリウスが下腹部を寄せ、双丘に手を添えて、後孔に欲望の先端を 押し当てる。

「う、んっ……、あ、あっ！　んぅうっ……！」

硬く大きな、マリウスの剛直。

口でたっぷり愛したせいか、いつにもまして張り詰めている。先端部分が窄まりを通るときに、いくらか引きつる感じを覚えた。

けれど中に入ると、圭の肉筒は柔軟に彼を包んだ。内壁を余さず擦り上げながら、雄がグプリ、グプリと沈んでくる。

欲しくてたまらなかったものを与えられて、体がわななきそうだ。

「は、ぁ、マリ、ウスっ、凄いよ、腹ん中、あんたでいっぱいだっ」

「俺も、おまえにのみ込まれていくようだ」

呼吸を合わせて、深く確かに繋がっていく感覚。

番の体はお互いがお互いの一部みたいで、少しの違和感もなく重なり合って、ぴったりと結ばれていく。みしみしとした重量感にうっとりとなっていると、やがてマリウスの鱗に覆われた下腹部が、圭の双丘にぐっと押し当てられた。

マリウスのすべてが、圭の中に収められている。肉襞が甘く蕩け、太い幹に絡みつくと、マリウスが深く息を吐いた。

「……凄いな。おまえと俺との、境がなくなっていくみたいだ」

「ほんとだな。こうしてるだけで、気持ちいい……！」

知らずヒクッ、ヒクッと内襞が蠢動するたび、中のマリウスの雄もピクリと反応する。

圭は欲情に目を潤ませながら告げた。

「動いてくれ、マリウス。もっと、気持ちよく、してくれっ」

「ああ」

マリウスが答え、ゆっくりと腰を使い始める。

「ぁ、ぁあっ、ん、んっ」

圭の肉筒を行き来する、マリウスのみっしりとした雄。

したたかなボリュームが、圭を悦びの渦へと引き込んでいく。

熟れた媚肉をまくり上げながら引き抜かれ、また嵌め戻されて内奥をトンと突かれるたびに、圭の背筋には震えるほどの喜悦が走り、体の芯がジンジンと熱くなる。

再び勃ち上がった圭自身は揺さぶられるたびビンと跳ねて、淫紋の痕の上に透明液をトロトロと撒き散らす。マリウスが微かに眉根を寄せて言う。

「おまえの中、とても熱いよ。こうしていると溶かされそうだ。具合はどうだ？」

「す、ごくっ、ぃい、気持ち、いいっ」

「ここは？」

「ああぁっ！　あっ、いいよっ、そ、こ、いいっ」

尻をぐっと持ち上げられ、淫紋の裏側辺りを切っ先でゴリゴリと擦られて、恥ずかしく声が裏返る。

そこは本当に気持ちのいいところで、繰り返し抉（えぐ）られると気が変になりそうなほど感じてしまう。鈴口から溢れる透明液も徐々に白く濁ってきて、腹から胸のほうにまで流れてくる。

「はあっ、んふっ、マリウスのっ、気持ち、ぃっ」

悦びで上体がうねうねとのたうち、肢を支えていられず手を離すと、マリウスが圭の肢を抱え上げ、腰を大きくしならせて抽挿のピッチを上げてきた。

ヌプッ、クプッ、と淫靡な水音を立てて内腔を雄でかき回され、快感で視界がぐらついてくる。

「いい、もっ、どうか、なりそうだっ」

「っ、ケイが、絞り上げてくるっ。持っていかれてしまいそうだっ」

マリウスも深く愉悦を感じ始めたのか、体の模様がざわざわとし始める。額に薄っすら浮かび始めた汗が、雄の悦びの発露を示しているみたいだ。

圭は手を伸ばして彼の腕につかまり、喘ぎながら言った。

「もっと、来てくれっ、あんたの全部が、欲しいっ」

「ケイ……、ケイ……！」

「あぁっ、あっ、ふぅうっ、ぁあああっ……！」

　圭の言葉に煽られたみたいに、マリウスがぐっと圧し掛かって、楔を打ち下ろすみたいに肉茎を突き立て始めたから、圭の嬌声もワントーン跳ね上がった。

　マリウスが獰猛な雄の本能に突き動かされ、荒々しく穿つ様は、正気を失って襲いかかってきたあのときを圭に思い出させる。

　けれど今、こちらを見下ろすマリウスの目には、確かな感情が見える。

　愛おしい相手とまぐわう歓び、揺るぎのない想いが、そこにはあった。

　ほとばしるほどの愛情を注がれて、知らずまなじりが濡れてくるのを感じる。

「愛、してる、マリウス、愛、してっ……」

「俺もだ、ケイっ。俺の、ケイ……！」

　唸るみたいにそう言って、マリウスが口唇を重ねてくる。

　首にしがみついて口唇を貪り、互いに舌を吸い立て合ったら、腹の底から爆ぜそうな気配がひたひたと押し寄せてきた。マリウスの腰に肢を絡め、腰を揺すって追いすがると、マリウスもウッ、と小さく喘ぐ。

　奥の奥までマリウスを受け入れて、動きに合わせてきつく締めつけると、マリウスがあ、と艶めいた声を上げ、ガツガツと激しく腰を打ちつけてきた。

　最奥の感じる場所までズンズンと貫かれ、圭の内奥が収斂し始める。

「あ、ぅうっ、マリウス、もっ、ぃ、きそうだっ」

「違ってくれ、ケイっ、俺も、一緒にっ……」

「マリウス、マリウスっ、はぁっ、ああっ、あああぁ――――！」

キュウキュウとマリウスの幹を何度も締めつけて、圭が頂に達する。

マリウスも二度、三度と圭の奥を突いて動きを止め、巨軀をぶるりと震わせた。

「……ぁ……、あぁ……」

クラリと意識が遠のきそうなほどの、凄絶な悦び。腹の底にマリウスの白蜜をピシャッ、ピシャッと浴びせられ、そのたびに内筒がヒクヒクと震える。圭自身からも白蜜が溢れて、重なったマリウスの腹部に跳ね飛んだ。

マリウスが上体を起こし、吐精の恍惚に酔ったように目を細める。

「……ああ、いい……。おまえの竜脈が、俺の体の隅々にまで流れてくる。素晴らしいよ、ケイ……！」

そう言ってマリウスが、背中の両翼をバサリと開く。

天井を覆い尽くすほどの、大きく力強い彼の翼。

その雄々しさとたくましさ、美しさに、見惚れずにはいられない。

そしてもう二度と失わせたくないと、強くそう思う。

「マリウス……、俺たちは死ぬまで、番だよな？」

「ああ、そうだな」

「あんたは俺のもので、俺もあんたのものだな？」

「もちろんだ」

今さらどうしてそんなことを訊くのだろうと思ったのか、マリウスが少しばかり不思議そうな顔をして答える。

圭はマリウスを見上げ、笑みを見せて言った。

「だったら、その翼も俺のものだな」

「……？」

「いいかマリウス。それを勝手に切り落とすことは、もうこの俺が許さない」

「ケイ……」

「翼だけの話じゃないぞ？　誰かのために自分が犠牲になればとか、独りでここを去るとか、そういうのもなしだ」

そう言って手を伸ばし、マリウスの頰に触れる。

「どんなことも、一緒に背負っていくって約束してくれ。一緒に、幸せになるって」

幸福だった、ではなく、幸福だと言ってほしい。

そんな願いを込めた圭の言葉に、マリウスが一瞬泣き出しそうな顔をする。

それから薄く微笑み、圭の手に鉤爪の手を重ねて静かに告げる。

「……ああ、約束する。俺はおまえと共に生きよう」
互いの胸に想いを刻む、揺るぎない愛の誓い。
確かな番の絆に、知らず涙がこぼれて――。
（一緒に、生きていく。愛する男と、この世界で）
歓喜と祝祭の夜。月はもう、西に傾いただろうか。
遠く微かに聞こえるノアの声が、圭の耳に福音のようにこだましていた。

あとがき

こんにちは、真宮藍璃です。このたびは「邪竜の番」をお読みいただきありがとうございます！

いつも穏やかで優しいけれど、誰かを守るためなら自己犠牲をいとわない攻めと、攻めに助けられ守られるけれど、最終的には手綱を握る受け。そんな二人のお話を、異世界を舞台に書いてみました。少しでも楽しんでいただけましたら幸いです！

挿絵を描いてくださった小山田あみ先生。お忙しい中お引き受けいただきありがとうございました！　先生の挿絵が大好きで、いつか描いていただけたらいいなあと思っておりました。夢が実現して本当に嬉しいです！

担当のM様。いつも自由に書かせてくださりありがとうございます。今後ともご指導のほど、よろしくお願い申し上げます！

ご感想等頂戴できましたら嬉しいです。ぜひ編集部のほうまでお願いいたします！

真宮藍璃

ラルーナ文庫

この本を読んでのご意見・ご感想・ファンレターなどお待ちしております。〒111-0036 東京都台東区松が谷1－4－6－303 株式会社シーラボ「ラルーナ文庫編集部」気付でお送りください。

本作品は書き下ろしです。

邪竜の番

2020年4月7日　第1刷発行

著　　　者｜真宮 藍璃
装丁・DTP｜萩原 七唱
発　行　人｜曺 仁警
発　行　所｜株式会社 シーラボ
〒111-0036　東京都台東区松が谷 1-4-6-303
電話　03-5830-3474／FAX　03-5830-3574
http://lalunabunko.com
発　売　元｜株式会社 三交社（共同出版社・流通責任出版社）
〒110-0016　東京都台東区台東 4-20-9　大仙柴田ビル 2 階
電話　03-5826-4424／FAX　03-5826-4425
印刷・製本｜中央精版印刷株式会社

　ISBN978-4-8155-3233-8

LaLuna

偽りのオメガと愛の天使

柚月美慧 | イラスト：篁ふみ

愛する甥は亡き王子の忘れ形見？
…ラナンは母親と偽り、共にランディーナ王国へ渡るが。

定価：本体680円＋税

三交社